# 선 위의 아이들

# 선 위의 아이들

남예은 소설집

라임

# 차례

# 나쁜 사랑

## 강호평정

밤사이 내리던 장대비가 물러가고 푹푹 찌는 아침. 나 이로운은 아파트 단지가 끝나는 놀이터 샛길에서 벗 오승재를 기다린다. 호기롭게 눈곱을 떼면서 나뭇잎을 슬리퍼로 끌어와 뒤로차기 연습을 반복하던 중, 시계를 보았다.

현재 시각 아침 7시 30분. 아슬아슬하다. 승재에게 문자를 넣어 바로 튀어나오라고, 안 그러면 떡볶이 가게 쿠폰은 너랑 쓰지 않겠다고 으름장을 놓고서 기지개를 켰다. 이게 다 성가신 옆집 여자애, 지설연 탓이다.

나는야 파주고 1학년 파주신룡 이로운. 모름지기 무림의 고수는 사사로운 감정에 휘둘리지 않는 법. 바야흐로 강호를 평정하고 입신양명에 힘쓸 시기다. 그러니까 지금은 전교 꼴

찌라는 타이틀을 벗어던져야 하는 중요한 순간이다.

형이랑 나 때문에 식구들과 떨어져 고생하는 아빠를 위해, 그리고 엄마에게 쫓겨나지 않기 위해 슬슬 정신을 차려야 한다. 무릇 강호의 실력자는 옆집 사는 같은 반 지설연 따위에게 잠시 흔들렸다손 치더라도 모두 잊고 무공에, 아니 공부에 집중하며 실력을 쌓아야 하는 것이다. 그래, 그렇고말고. 그러니 쿨하게. 최대한 남자답고 무심하게. 알아서 피한다! 지설연의 등교 시각은 대략 7시 40분. 아침 댓바람부터 마주치기라도 하면 겨우 안정시킨 내 공력이 한순간에 뚝, 끊기고 만다. 그러니 빨리빨리 좀 와라, 승재야. 빨리빨리.

시선을 돌리다가 방정맞게 펄쩍 튀어 올랐다.

"우씨!"

지렁이다. 웅덩이에 팔뚝만 한 지렁이가 떠 있었다. 비 온 뒤라 나온 건가. 쪼그리고 앉아서 나뭇가지로 슬슬 건드려 보았다. 어릴 적 아빠와 논에서 수도 없이 봐서 익숙해질 법한데도 싫은 건 싫은 채로 있을 뿐 여간해서 좋아지지 않는다.

언제나 지렁이에 질색하는 나를 보고 아빠가 말했다.

"얘도 살려고 그러는 거야. 로운아, 말에는 힘이 있어. 그러니 밉다고만 하지 말고 예쁘다고 말해 봐."

땅이 숨 쉴 수 있게 해 주는 고마운 동물이라나? 심지어 아빠는 지렁이를 대견해했다. 농사일에 물러터진 큰 손으로 조심히 주워 들고는 지렁이를 신기하게 바라보곤 했다. 그때, 어린 내가 신기해했던 건 같은 걸 봐도 사람마다 다르게 느낀다는 점이었다.

아, 굵기도 하여라. 이놈은 필시 여러 해를 살아온 지렁이 문파의 대왕 줄지렁이로세.

"지렁이?"

내 얼굴 옆으로 불쑥 들어온 이는 승재였다. 치마 안에 체육복 바지를 입은 승재가 내 옆에 쪼그리고 앉았다. 나는 지렁이를 승재에게 들이댔다.

"멸절사태, 늦게 온 죗값을 치르라!"

승재는 아무렇지 않게 지렁이를 쥐어 손바닥에 놓았다. 녀석, 역시 강하다. 게임 만렙을 찍은 승재는 나보다 게임도 잘하고 힘도 훨씬 세었다. 게다가 여성 무림 유파인 아미파의 수장처럼 기세와 지략을 두루 갖추었다. 그러니 멸절사태라 칭해도 아깝지 않았다.

"어서 가자. 늦었다."

"왜? 개학 날이라 지설연 만날까 봐? 내가 언제까지 너희

들 사랑싸움에 희생해야 돼? 알고나 있자."

"뭐래? 사랑은 무슨. 그런 거 아니라니까? 마음 정리 끝난 지가 언젠데."

사람 당황스럽게 만들어 놓고 승재가 하품을 하며 짜증을 냈다.

"하, 좀! 늦잠 좀 자 보자. 못 잊겠으면 더 빌어 보든가, 아예 신경을 끄든가."

"아니라고. 다 잊었다고."

"내가 볼 때 너 못 잊었어. 네가 더 좋아해."

"그만해라. 칠성공 한 대 날려 주랴?"

"야, 다 보여. 뭐 잘났다고 버티냐? 버티긴."

나는 앞질러 척척 걸어가는 승재의 뒤통수를 노려보았다. 의리 없는 자식.

## 철천지원수

우리는 지렁이를 풀밭 쪽으로 옮겨 놓고 아파트 단지를 나왔다. 호수 공원을 지나 학교 정문 앞에 다다르자 운명의 장

난처럼 횡단보도 앞에 지설연이 보였다. 그런데 어라? 어떤 남자애와 함께였다. 잠깐 쳐다보았을 뿐인데 기의 운용이 흐트러지면서 가슴에서부터 둔통이 시작되었다. 끝난 줄로만 알았던 전쟁이 아직 끝난 게 아니었다.

설연은 반년 전 우리 옆집으로 이사 왔다. 설연에게서는 왠지 박하 향이 났다. 그즈음 나는 여러 가지가 한데 뒤섞인 도시 냄새에 지쳐 있었다. 고향에서 맡던 풀과 나무 냄새가 그리웠다. 그러다 호수 공원을 함께 산책하던 중에 설연이 불쑥 나에게 말했다.

"나랑 사귈래?"

때마침 저녁녘 조명이 공원에 일제히 들어왔고, 설연 뒤에 있던 나비 모양의 조형물이 환하게 빛났다. 그 순간, 빛나는 날개를 단 설연이 빠르게 내 심장 속으로 날아 들어와 콕 박혔다.

모든 게 꿈만 같았다. 그날부로 하루가 한 시간처럼, 한 달이 반나절처럼 훅 지나갔다. 눈에 필터라도 낀 듯 세상이 뽀얗게 보였고, 심장에 카메라가 달린 것처럼 설연에게 집중되었다. 하지만 여름 방학을 앞둔 어느 날, 사귄 지 넉 달 만에 설연은 뜬금없이 우리 만남에 종지부를 찍어 버렸다.

"너를 보면 꼭 울 엄마를 보는 것 같아. 너의 그런 점이 정말 싫어. 우리, 이제 그만 만나는 게 좋겠다."

먼저 옆구리 찔러 놓고 이런 법이 어디 있느냐 말이다. 게다가 아무리 그래도 키 크고 신체 건강한 열일곱 살 남자에게 자기 엄마 같다니. 승재와 삼국지 게임하느라 데이트 시각에 늦어서 화가 났나? 아니면 무공에만 빠져 있는 내가 싫어졌나? 아무튼 이유 막론하고, 용서도 구해 보고 매달려도 보았지만 설연은 요지부동이었다.

더는 비루하게 사랑을 구걸하고 싶지 않았다. 나도 사나이답게, 매몰차게 말했다.

"그래! 나 싫다는 여자, 나도 싫다. 네가 정 그렇다면 헤어지자."

그 후로 한 달 가까이 지났는데 충격이 가시지 않았다. 방학 내내 에어컨도 켜지 않고 땀범벅이 될 때까지 방구석에 누워서 신공 명상에 몰두했다. 놀면서 잠만 잔다고 엄마에게 등짝을 참 많이도 후려 맞았다. 그러는 사이 말끔하게 잊혔다. 미련 없이 싹 다 비웠다.

나는 이제 설연이 조금도 궁금하지 않다.

그랬는데, 그렇게 확실했는데.

눈앞에서 설연을 보니 내 안에서 작은 전쟁이 다시금 일어났다. 아물지 않은 상처를 가격당한 것처럼 가슴팍이 쓰라렸다. 남자애가 설연의 가방을 들어 주는 순간, 나는 얼굴이 하얗게 질려 버렸다. 내 꼴을 보고 승재가 비웃었다.

"거봐, 맞네. 더 아쉬운 쪽. 내가 뭐랬어? 너, 아직도 못 잊었다니까. 쯧쯧쯧."

"……재, 누구냐?"

"6반 오준구잖아. 너희 둘 헤어졌다니까 고백한다던데. 벌써 했나?"

오준구. 철천지원수. 중학교 내내 삼팔선 촌놈 출신이라며 나를 따돌리고 괴롭히던 놈. 그는 나를 무공에 입문시킨 장본인이기도 하다. 일 년 전 나에게 대패한 이후로 대놓고는 건드리지 못하면서, 뒤로 깔딱거리며 지속적으로 괴롭히는 저질 지질이.

뜨거운 기운이 척추를 타고 경혈로 치솟았다. 주먹이 슬프게 울어 젖혔다. 내 화산 육합권 한 방이면 끝날 녀석이. 윽! 방심한 순간, 묵직한 진기가 불현듯 내 뒤통수를 일격했다. 너무 아파 눈을 치뜨고 보니, 멸절사태가 저만치 달아나고 있었다.

"친구 맞냐?"

승재가 놀리듯 까르르 웃으며 내달렸다. 그러고는 뒤돌아 소리쳤다.

"그러게, 사형! 더한 화를 당하기 전에 결단을 지으시게나. 쫓고 싶은 마음을 품고 언제까지 도망만 다닐 텐가! 결을 지어야 시가 있는 법이네. 음하하하."

밉지만 핵을 짚은 말이었다. 그렇다. 피할 게 아니라 부딪쳐야 한다. 차인 이유라도 정확히 알아야 내 첫사랑을 마침내 끝낼 수 있을 것 아닌가. 그렇지 않고서야 이 끝없는 고통 속에서 영영 헤어나지 못할 것이다. 설연이 싫다고 말한 '나의 그런 점'이 대체 뭘까.

정정당당히 찾아가서 내가 싫어진 이유를 묻고! 그게 뭐가 됐든 깨끗이 받아들인 후에! 순순히 마음을 정리하리라! 그렇게 다짐을 하고 있는데, 설연과 함께 교문으로 들어가던 오준구가 불쑥 뒤를 돌아보았다. 그러면서 나를 향해 기분 나쁜 웃음을 씩 지어 보였다.

순간, 양 주먹에 위험한 살기가 모여 들었다. 잊어서는 안 된다. 설연이 남학생들에게 인기가 많다는 사실을. 동시에 간과해서는 안 된다. 지난 여름 방학 동안 매일 아침저녁 심학산을 오르며 무공을 다진 나는 마지막 탈피를 끝낸 무공인 임을.

이대로라면 누구 하나 다칠 수도 있다. 다만 질투에 눈먼 피 끓는 짐승만은 되지 않겠다.

> 물어볼 게 있어. 방과 후에 우리가 늘 만나던 호수 공원 스카이 브리지에서 좀 보자.

1이 없어졌다! 내가 차단되지 않았다는 사실에 안도했다. 설연이 과연 나올까? 수학 선생님이 미분으로 반 전체를 달나라로 보낸 시간에도 나는 잠들지 못하고 비바람에 사시나무 떨듯 다리를 떨어 댔다.

내 자리에서 약 삼 미터 앞에 설연의 뒤통수가 있었다. 보는 눈이 많으니 무턱대고 다가가 물어볼 수는 없는 노릇. 때를 봐야 했다. 하늘은 왜 우리를 같은 고등학교, 같은 반에 집어넣었을까.

우리가 헤어지고 나서 서로가 서로를 없는 존재처럼 무시하고는 있지만 함께 어울리던 친구들을 따로 만나야 하는 고충이 찾아왔다. 승재는 물론이고 민아, 재이도 불편한 기색을 내비치는데, 이 모든 게 신경이 쓰여 기운이 달릴 지경이었다. 헤어진 이유를 들으면 또다시 상처받겠지. 하루가 어떻게 지났는지 모르게 흘러갔다.

방과 후, 저 멀리 먼저 와 있는 설연이 보였다. 설연은 난간에 기대어 호수를 내려다보고 있었다. 반가운 마음에 냅다 뛰어가다가, 설연과 슬슬 가까워질수록 죄지은 사람처럼 발걸음이 느려졌다. 조심스레 다가가 곁에 섰다. 심장이 눈치 없이 쿵쾅대기 시작했다. 오랜만이라는 인사라도 건네고 싶었다.

"뭐가 궁금한데?"

설연은 나를 보자마자 단도직입적으로 물었다. 그러고는 긴 생머리를 뒤로 쓸어 넘겼다. 나는 우물쭈물 할 말을 찾았다.

"음, 그러니까. 너, 오준구랑 무슨 사이야?"

앗, 이 말이 왜 나왔을까. 우리가 헤어진 진짜 이유를 알고 싶다고 해야 하는데 바보같이 뭔 소리를.

"지금 그게 궁금해? 나 같은 애 필요 없다면서 찬 게 누군데."

"내가? 내가 언제? 내가 널 찬 게 아니지. 네가 날 찬 거지."

어, 이게 아닌데. 왜 이렇게 말이 꼬이지? 잠시 침묵의 시간이 찾아왔다. 둘 다 다른 곳을 바라보고 다른 생각을 한다. 사람의 마음이 같을 수는 없는 걸까. 그럼 조금 벗어나도 되돌릴 수 있을 텐데. 각기 어긋난 방향으로 뻗어 나가는 감정의 포물선. 속상하다. 나는 심호흡을 몇 번 하고 다시 말했다.

"아무리 생각해도 모르겠더라. 대체 내 어디가 네 엄마 같다는 건지."

## 헤어진 이유

밝고 명랑한 설연 엄마는 우리 엄마와도 금세 친해졌다. 아줌마는 식구가 달랑 둘뿐인데 딸의 사춘기가 시작돼서 괴롭다며 엄마에게 점점 의지했다. 지금은 엄마의 제안으로 파주 헤이리 프로방스의 작은 편집 숍에서 아예 함께 일하고 있다. 영어를 잘하는 데다 외향적인 성격이어서, 아줌마는 주로 외국인 관광객들을 상대했다.

"아빠? 글쎄, 나도 어디 사는지 몰라. 나, 초등학교 때 이혼했거든. 뭐래? 네가 왜 미안해? 물어볼 수도 있지."

아빠의 소재를 물어보는 나에게 엄마 따라서 그냥 마음 가는 대로, 흘러가는 대로 살았노라고 설연이 말한 적이 있었다. 그러면서 전 세계에서 모은 수많은 마그넷과 또 그만큼의 엄마 남자 친구의 사진을 보여 주었다.

사진 속 설연은 커 가면서 점점 웃음이 옅어지는 것 같았다. 두 사람은 방콕, 칸쿤, 바르셀로나, 그리스 등지를 돌다 서류를 정리하기 위해 한국으로 왔다고 했다.

나는 드넓은 강호를 새처럼 자유로이 누비다 돌아온 두 사람이 못내 부러웠다. 아줌마 같은 엄마를 둔 설연이 부러웠고, 나도 그렇게 살고 싶었다. 그러니 아줌마를 닮아서 나를 싫어한단 말이 더욱더 이해 가지 않았다.

"다 끝난 마당에 그걸 꼭 알아야겠어?"

끝났다는 말이 마음 아팠다. 나는 대답 대신 미간을 찡그리며 시선을 멀리 돌렸다.

"여름 다 갔는데 무덥네. 나는 더운 게 싫어. 쭉 싫었어."

설연이 혼잣말처럼 중얼거렸다. 나는 초조하게 난간을 잡았다 놨다 하며 다리 아래 산책로를 거니는 사람들을 내려다보았다.

"비 온 뒤라 그럴 거야."

그러자 설연은 토하듯 감정을 쏟아 냈다.

"엄마나 더운 나라가 좋지. 나는 싫었어. 맞춰 주었을 뿐이야. 쨍하게 추운 게 좋아, 나는. 엄마가 좋아하니까. 그래서 참았어. 근데 계속은 못 하겠어. 나도 싫은 게 있는 거잖아? 이제 더는 못 참아. 안 참아."

영문을 몰라 머리를 긁적이면서도, 대단히 진지해 보이는 설연에게 어떤 방식으로든 호응해 주지 않으면 안 될 것 같았다. 솔직히 엄마를 향한 가시 돋친 반감이 너무 따갑고 불편했지만, 나는 순전히 설연에게 점수를 따기 위해 이해한다는 듯 고개를 끄덕여 보였다. 그렇다. 나는 몸으로 거짓말을 하고 있었다. 나는 그래야 했다. 설연을 붙잡기 위해서.

한편으로는 거북한 감정으로 설연을 바라볼 수밖에 없는데 머릿속에 또 다른 얼굴 하나가 떠올랐다. 바로 엄마였다. 얼마 전 간만에 사 온 팥빙수를 엄마와 나누어 먹다가, 문득 떨어져 지내는 아빠가 안됐다는 생각을 했다. 그래서 큰 인심이나 쓰듯이 넌지시 말했다.

"형이랑 나는 이제 다 컸으니 걱정 말고 대장동으로 돌아가, 엄마."

순간, 엄마는 빙수를 떠서 입으로 가져가다 말고 스푼을 쟁반에 내려놓더니 딱 잘라 말했다.

"싫어."

나는 엄마의 반응에 몹시 당황해서 따져 물었다. 왜 싫으냐고, 어떻게 싫다고 할 수가 있느냐고. 거짓말이라도 사랑하는 사람에게 그러면 안 되지.

"엄마도 싫은 게 있는 거야."

그런 엄마가 황금빛 벼들 사이에서 빳빳이 고개를 쳐들고 있는 피처럼 보여서 미웠다. '사랑하는 사이'란 운명 공동체 아닌가? 서로에게 불만이 있어도, 다른 감정이 잡초처럼 솟아나도, 돌이킬 수 있는 범위 안에 있어야 어떻게 해 보는 것 아닌가? 그래야 잡초를 뽑고 수확을 할 수 있지. 그래야 안심이 되지.

아무튼 무섭도록 단호했던 엄마의 그 눈빛은 나를 당혹스럽게 만들기에 충분했다. 헤어지던 날의 설연도 그런 눈을 하고서 나를 슬프게 했다. 그 반발심에, 설연에게 진심으로 이해하는 척을 하고 있는지도 몰랐다.

내가 보지 못하는 곳에서 변해 가는 모든 것들이, 예컨대 땅속에 사는 수많은 지렁이들처럼 살기 위해 불쑥불쑥 튀어나오는, 막을 길 없는 변화들이 나는 두려웠다. 안정된 덩어리에서 속절없이 떨어져 나와 바뀌고 달라지는 감정들을 접하면 겁부터 났다. 그런 이유로, 설연의 변심을 듣고 싶지 않았다.

"여전히 나는 네가 좋아. 그러니 알아야겠어."

설연이 놀란 듯 눈을 크게 뜨며 나를 바라보았다. 눈빛이 반짝이는 걸 분명 본 것 같은데 설연은 못 들은 척 딴청을 피웠다.

"너한테도 많이 참았어. 너무 참아서 병이 날 정도로. 너는 울 엄마처럼 다 가지려고 해."

어리둥절해하는 나에게 설연이 한 호흡을 쉬고 나서 말을 이었다.

"네가 승재랑 사귀는지, 나랑 사귀는지 헷갈렸어. 둘 다 옆에 두고 싶은 거 아냐?"

엥? 말도 안 돼. 이게 헤어진 이유라고? 어이가 없어서 웃음이 터졌다.

"하하하. 무슨 말이야, 그게. 와아……! 승재는 친구야, 제일 친한 친구."

"여기저기 돌아다니면서 내가 배운 게 있는데, 말은 아무 소용이 없다는 거야. 나는 내 눈에 보이는 것만 믿기로 했거든. 내 눈에는 로운이 너, 오승재 좋아해."

파국이다. 미친 오해다. 설연은 내가 승재를 좋아한다고 멋대로 결론을 내려 버리더니, 잘 생각해 보라는 말만 남기고 돌아갔다. 어차피 집이 같은 방향이었지만 함께 갈 수는 없는 노릇. 나는 호수 공원을 미친 듯이 세 바퀴나 돌았다. 믿어 주지 않으니 괴로웠다. 물론 승재를 좋아한다만 그건 순전히 사형으로서다. 거의 동성이란 뜻이다. 개를 여자로 좋아한다니, 생각만 해도 속이 메스꺼웠다.

하지만 설연의 말이 조금이라도 맞는다면? 급기야 나도 좋아하면서 내 마음을 모르고 있는 것이라면? 나는 만약을 위해 천천히 되짚어 보았다. 단정한 쇼트커트, 동글한 눈에 또렷한 이목구비, 큰 키에 무릎 나온 헐렁한 운동복을 입은 채 슬리퍼를 찍찍 끌고 다니는 녀석을 은연중에 좋아하지는 않았는지. 설연이 그렇게 느끼는 이유를 하나하나 떠올려 보았지만, 결론은 하나다. 우리는 그런 사이가 아니라는 것.

이유를 알면 마음이 정리될 줄 알았는데, 도리어 실타래 엉키듯이 꼬여 버렸다. 승재가 헤어진 진짜 이유를 들었느냐고 밤새 물어보았지만 도저히 답장을 보낼 수가 없었다.

다음 날 아침 일찍, 급한 마음에 승재네 집으로 뛰어가 초인종을 다다닥 눌렀다. 승재 남동생이 찡그린 얼굴로 문을 열어 주며 토요일 아침이라고 면박을 주었다. 부엌으로 들어가니, 사과를 깎아 먹던 승재가 손을 들어 보였다.

"왔냐? 이유가 뭐라더냐?"

"야, 잠깐 와 봐."

나는 다짜고짜 승재를 방으로 끌고 갔다.

"왜? 뭔데 그래? 뭐 대단한 이유라도 들었어?"

"승재야, 미안하다. 확인할 방법이 이것밖에는 없는 것 같다. 이해를 바란다. 벌은 달게 받을게."

나는 고개를 갸우뚱하는 승재를 내 앞으로 돌려세웠다. 그러고는 승재의 두 손을 마주 잡은 채 살포시 깍지를 끼었다.

"야, 이거 뭐야? 뭐 하는 거냐니까? 야! 윽!"

"미안. 삼 초만 빌리자, 딱 삼 초만."

나는 승재의 눈을 똑바로 바라보았다. 낯간지럽고 민망했다. 가까이에서 보니 승재 눈이 이렇게 생겼구나. 코가 제법 오뚝한걸. 불현듯 배 속에 지렁이 한 마리가 기어다니는 것만 같았다. 아무 느낌도 없다고는 못 하겠지만, 이 정도라면 거의 안 느껴지는 거나 다름없지 않나? 다행이었다.

그때 방문이 벌컥 열리더니 승재 남동생이 얼굴을 들이밀었다.

"둘이 뭐 해?"

막대사탕을 빨면서 마치 재미있는 구경거리라도 난 것처

럼 우리를 멀찍이 쳐다보았다. 이번엔 승재가 행동에 나섰다. 잽싸게 깍지를 풀더니 나를 가차 없이 뒤로 확 밀어 넘어뜨렸다. 그제야 상황을 읽었는지 승재 남동생이 달려왔다. 둘이서 욕을 차지게 날리며 나를 발로 뻥뻥 차 댔다.

"뭐 하는 짓이야? 죽고 싶어? 어휴, 닭살 돋은 거 봐."

차라리 맞는 게 속 편했다. 무공인이라는 자부심 따위 다 내다 버린 내 꼴이 하도 한심해서 눈물이 찔끔 터져 나왔다.

"아, 그만 좀 하고 내 말 들어 봐. 왜 안 믿어 주냐고, 왜?"

승재와 남동생이 발길질을 멈추었다. 자초지종을 듣고는 둘 다 말을 잇지 못했다. 승재는 나를 의자에 앉히더니, 진정될 때까지 기다려 주었다.

"너도 참 짠하다. 사랑이 뭐라고."

"그러게. 파주신룡, 다 죽었다."

## 자유의 마을

"설연 엄마가 딸이랑 대판 싸운 모양이더라. 말 잘 듣던 착한 애가 변했다고 속상해하던데, 너는 뭐 아는 거 없니?"

소파 앞에 나란히 앉아 빨래를 개던 엄마가 물었다. 나는 양말을 개는 둥 마는 둥 하며 무협 드라마 〈의천도룡기〉를 보는 중이었다.

돌돌돌, 선풍기가 돌아가며 시원해진 저녁 공기를 실어 날랐다. 열린 창을 통해 이웃들의 밥 냄새가 솔솔 전해져 오는 평화로운 시간. 아랫집 할머니는 조기를, 윗집 아저씨는 삼겹살을 굽나 보았다. 엄마와 나는 학원에서 늦게 귀가한 형을 제외하고 이른 저녁을 먹고 치운 후였다. 엄마가 접시에 놓인 청포도를 한 알 집어 내 입에 쏙 넣어 주었다. 아삭, 깨물자 달콤한 과즙이 입안 가득 터져 나왔다.

그날 이후, 설연을 향한 내 감정은 원망으로 바뀌어 부지불식간에 마음을 왕창 헤집어 놓았다. 나를 힘들게 만든 설연이 자기 엄마랑 어찌 되든 나는 신경 안 쓸 테다.

그때 드라마에서 무림의 고수 장무기가 마계의 여자 수장을 무찌르는 장면이 나왔다. 내 속이 다 시원했다.

"몰라. 관심 없어."

엄마는 우리가 사귀고 헤어진 줄은 꿈에도 모른다. 설연이 휘두르는 칼에 베인 피해자 중에는 나도 있다고 말해 줄까 말까. 설연이 찍어 놓은 바람둥이라는 낙인 때문에 앞으로 내가 더럽게 힘들어질 것 같다고 말해 줄까 말까.

"참, 로운아. 이번 주말에 아빠한테 갔다 올 수 있지?"

"또 나보고 가라고? 아이, 싫어. 이번엔 형 보내."

나는 엄마 무릎에다 개다 만 양말을 툭 던졌다. 그러고는 엄마에게 가려 보이지 않던 짜증의 근원, 이로이를 째려보았다. 한쪽 다리를 끌어안은 채 식탁에 삐딱하게 앉아 있는 우리 집 대표 직무 유기. 한량. 저 사람이 내 형이다. 나와는 달리 참 자유로운 영혼이다.

"들었지? 형이 가! 작년부터 한 번도 안 갔잖아."

시리얼을 우유에 말아 먹고 계신 이로이 씨는 이번에도 대학에 떨어지면 사수에 당첨된다.

"형은 학원 땜에 시간이 안 되잖니?"

또 엄마가 대신 대답한다. 엄마는 큰아들과 오래 살아서 그런지 나보다 형을 감싸고 도는 경향이 있다. 보나 마나 가기 싫어서 학원 핑계 대고 내빼는 게지.

"그럼 엄마는? 엄마도 계속 안 갔잖아."

엄마가 무슨 말을 하려다 말았다. 요사이 엄마와 아빠는 눈 녹은 빙하처럼 틈이 벌어지고 멀어져 부쩍 아슬아슬해 보였다. 우리 네 식구, 어디를 향해 가고 있는 건지, 어쩌면 이미 흩어져 버린 건 아닌지 궁금하다가도, 나 또한 입을 꾹 다물어 버리기 일쑤였다. 이런 마음도 모르고 엄마는 징그럽게 옆구리를 간질이며 헤실헤실 웃었다.

"우리 귀여운 막둥이, 이래도 안 갈 거야? 아니지? 아빠한테 갈 거지?"

늘 이런 식으로 얼렁뚱땅 넘어가려 한다. 무림을 주름잡을 남자로 성장한 지가 언젠데 아직도 애기 취급이라니. 두 사람은 나를 막둥이라 부르면서 자기들 일을 자꾸 미루는데, 미안하지만 계속 이런 식이라면 언젠가 나의 분노가 폭주할 것이 자명하다.

천하제일의 무검, 도룡도를 숨겨야 한다는 사명을 안고 아무도 없는 빙하도로 떠난 무림의 절대 고수 금모사왕도 흡사 지금의 나처럼 황망한 마음이었을까. 하기 싫고 가기 싫지만 나밖에 달리 해낼 사람이 없는, 고립무원에 갇힌 느낌. 그런 마음으로 나는 마을버스에 올랐다.

아빠는 지도에도 나와 있지 않은 마을에 살고 있었다. 북한과의 거리가 불과 18킬로미터, 민간인 통제 구역인 DMZ라 불리는……. 내가 태어난 대성동, 자유의 마을은 그런 곳이었다. 그 흔한 마트나 구멍가게도 없었다. 미용실, 목욕탕, 세탁소가 다 무엇이냐. 하물며 파주 시내에 널리고 널린 떡볶이 가게나 코인 노래방도 있을 리 만무했다.

자유의 마을로 드나들려면 유엔군의 허가가 필요했다. 할아버지 때부터 팔십 년이라는 세월을 삼대에 걸쳐 살아온 우리들의 시간은, 이 마을이 처음 만들어진 1959년에 멈춰 있었다.

형도, 나도 자유의 마을에 있는 대성초를 다녔다. 하지만 동네에 중·고등학교가 없어서 아빠만 남겨 놓고 파주 시내로 나왔다. 아빠도 농한기 때는 장을 보러 문산역까지 나왔지만 농번기에는 한 달에 한두 번 우리가 챙기러 갔다. 언제부턴가 그 '우리'가 나 '혼자'가 되어 버렸지만. 엄마는 일 때문에, 형은 공부 때문에 아빠와 발길을 끊은 지 일 년이 넘었다. 그렇게 형과 엄마는 아빠와 떨어져 산 지가 팔 년째, 나는 사 년째가 되었다.

"오, 그럼 형은 군대 안 가도 되는 거야?"

이곳 주민은 세금도 없고 국방의 의무도 없다는 말에, 승재 남동생이 놀라워했다. 당장이라도 이사를 가야겠다고 말하는 녀석을 보면서 나중에 농부가 되고 싶다면 그러라고 말해 주었다.

자유의 마을은 진공 상태 같은 곳이었다. 거기서 할 수 있는 건 오로지 농사일뿐이었다. 아빠가 나에게 바라듯 오직 농사꾼이 될 수 있을 뿐이었다.

파주의 파주신룡, 나아가 무림 천하제일의 절대 고수를 꿈꾸지만 몇 년 뒤 속세를 등지고 태극기와 인공기를 함께 바라보며 농사를 짓고 있을지도 모를 일이다. 그럼 파주신룡은 용이 아니라 지렁이가 되는 거다.

솔직히 말해 나도 엄마처럼 대성동으로 돌아가고 싶지 않았다. 하지만 아빠를 실망시키면서까지 꼭 하고 싶다고 말할 정도의 꿈도 현재로서는 없었다.

하루에 세 번, 자유의 마을과 바깥세상을 이어 주는 버스가 문산역에서 크게 좌회전하는 바람에 몸이 기우뚱하며 오른쪽으로 밀렸다. 버스가 곧바로 방지 턱을 넘으며 튀어 오르자 승객들이 의자 위로 단체 공중부양을 선보였다. 졸고 있던 나도 그들과 함께 강아지 인형처럼 고개가 좌우로 흔들렸다.

벌써 삼십 분째, 캐러멜이 어금니에 쩍 들러붙어 떨어지지 않았다. 달짝지근한 것이 입안을 차지하고 있으니 목이 말랐다. 혀로 요리조리 밀어 보지만 소용이 없었다. 물이 있나? 들고 온 샛노란 마트 가방을 벌렸다. 엄마가 챙겨 준 밑반찬과 라면이 보였다. 그 밑에는 고지혈증약과 혈압약, 당뇨약 등을 챙겨 넣은 빵빵한 약봉지도 있었다. 매번 약이 늘고 있는 게 한눈에 보였다.

마실 만한 게 없을까, 계속 뒤적여 보았다. 바나나, 참외, 샴푸, 휴지, 염색약, 칫솔, 파스, 새 양말 뭉치, 배터리, C타입 젠더……. 그런데 잠깐만. 커다란 흰색 봉투 하나가 눈길을 끌었다. 봉투 한쪽에 변호사 사무실 주소가 적혀 있었다. 단순히 호기심이 일어 봉투를 슬쩍 열어 본 나는 이내 머릿속이 하얘졌다. 이혼 서류였다. 못 볼 걸 본 것만 같아서 황급히 파스와 양말 뭉치로 서류 봉투를 가렸다.

남자와 여자. 어른들의 세계. 나는 굳이 알고 싶지 않았다. 어른들은 우리더러 사이좋게 지내라면서 정작 자신들은 언행이 불일치했다. 갈증이 더 심해졌다. 이혼? 정말 엄마랑 아빠가 이혼하려는 걸까? 불안한 마음이 몸 밖으로 튀어 나가려 자꾸만 부석거렸다.

이윽고 검문소에서 짐 검사를 마쳤다. 휴대폰을 보니 5시, 조금 있으면 통행금지가 시작되는 시각이었다. 서둘러 집으로 향했다. 북향이라 9월에도 춥기 때문에 미리 긴팔과 긴바지를 입고 왔더니, 땀이 비 오듯 흐르면서 목이 타들었다. 대문을 열면서도 오로지 물 마실 생각뿐이었다. 나는 부엌으로 직행해 문을 벌컥 열고 얼굴을 디밀었다.

어? 아빠가 옆집 사는 정희 아줌마와 한 상에서 밥을 먹고 있었다. 아들의 갑작스러운 등장에 아빠의 표정이 일순 굳어버린 것처럼 느껴졌다.

"로운이니? 어, 어서 와. 네 아버지랑 김치찌개 해서 밥 먹고 있었어."

정희 아줌마는 농사일로 그을린 까무잡잡한 피부에 귀여운 인상의 동네 토박이 아줌마다. 데릴사위로 들어온 남편과 함께 아들딸 낳고 한동안 마을에서 잘 살았다. 그런데 아이들 학교 때문에 외지로 나간 남편과 어느 날 갑자기 이혼을 하더니, 정희 아줌마 혼자만 이곳에 남아 농사를 지었다. 아빠는 정희 아줌마와 오누이 같은 사이였다. 엄마도 언니, 동생 하면서 살갑게 지냈다. 어떨 땐 가지고 있던 립스틱이며 화장품을 다 내주고 집으로 돌아오기도 했다.

"저, 물 좀……."

"어, 그래그래. 여기 앉아, 로운아. 같이 먹자!"

아줌마가 급히 숟가락을 놔주며 나를 밥상 앞에 앉혔다. 마지못해 곁에 앉으면서 아빠를 건너다보았지만 아빠는 아무 말 없이 식사를 이어 갔다.

붉은색 루주를 바른 정희 아줌마가 아빠랑 밥을 먹든 말든 상관할 바 아니지만, 분명 나만 모르는 일이 두 사람 사이에 있는 것만 같았다. 왜 아빠가, 왜 아줌마랑, 왜 밥을 지어 먹고 있느냐는 말이다.

평소 같으면 그딴 의문이 생각할 건더기조차 안 될 텐데, 자꾸만 머릿속에서 아까 본 이혼 서류가 둥실둥실 떠올라 두 사람 앞에 앉아서 먹는 밥이 목구멍 아래로 잘 넘어가지 않았다. 다 컸다고 자부해 왔는데, 아는 것 하나 없는 천둥벌거숭이가 된 기분이었다. 식사가 끝나자마자 자기 집인 것처럼 냉장고에서 수박까지 꺼내 잘라 주는 아줌마를 칠성공으로 멀리멀리 보내 버리고 싶었다.

## 냄새

보일러를 켜고 세수를 하고 자리를 폈다. 아빠가 전기장판의 코드를 꽂으면서 무심히 물어 왔다.

"엄마랑 형은? 잘 있어?"

아빠는 괜스레 들고 있던 수건으로 전기장판에 묻은 먼지를 툭툭 떨어냈다. 오늘 나에게 건넨 첫 마디였다. 합죽하게 다문 입도, 웃음기 없는 눈매도 그대로인, 세상 무뚝뚝한 나의 아빠.

"뭐, 잘 있죠. 근데 정희 아줌마 주근깨는 볼 때마다 더 느는 것 같아."

나는 심통이 나서 괜히 트집을 잡았다.

"그래? 정희한테 주근깨가 있었나?"

심각하다. 모든 종파의 수장들을 한곳에 불러 모아 긴급회의를 열어야 할 판이다. 타지에서 고생하는 엄마를 두고 하필 정희 아줌마라니. 굉장히, 상당히, 몹시 불쾌했다. 불끈 차오른 분노로 머리가 쭈뼛 섰다.

아무 생각이 없는 아빠는 내가 가져온 마트 가방을 들고 부엌으로 들어갔다. 목을 빼고 아빠가 사라진 쪽을 살피다 하마터면 옆으로 넘어질 뻔했다. 가슴이 다시금 벌렁거렸다. 엄마가 보낸 '그것'을 지금쯤은 보았을까. 나는 부엌으로 어슬렁어슬렁 발을 들였다. 냉장고에 포도 주스를 넣던 아빠가 뚱한 얼굴로 쳐다보았다.

"왜? 뭐 찾아?"

"……아무것도 아녜요."

'아빠, 정희 아줌마랑 만나요?'

질문이 목젖까지 올라왔지만 짐짓 꿀꺽해 버렸다. 궁금증이 뇌 용량을 초과했다. 신경을 너무 썼는지 배가 살살 아팠다. 나는 아랫배를 움켜쥐고 화장실로 달려갔다.

더 큰 재앙은 화장실에서 기다리고 있었다. 일을 마치고 나오는데 못 보던 분홍 칫솔이 있었다. 순간, 몸이 굳어 버렸다. 하나가 보이니 다 보이기 시작했다. 머리띠, 여자 화장품……. 킁킁. 이건 무슨 냄새지? 향긋한 샴푸 냄새가 나는 것 같았다.

아빠와 아줌마, 두 사람은 이미 깊은 사이일까. 엄마는 설마 모두 알고 이혼 서류를 보낸 걸까. 아빠에게 여자가 생긴 걸 알아 더는 대성동에 오지 않는 걸까.

우리 가족은 나도 모르는 사이에 붕괴 직전이다. 마음들이 사방으로 흩어져 날아가 버리는 중이다.

이른 아침부터 아빠는 논에 나가고 없었다.

사실 나는 벼농사가 싫지 않았다. 아빠의 등을 보며 배운 농사일은 고스란히 내 머리와 가슴에 새겨져 있었다. 4월이면 모가 될 볍씨를 소독한 후 미지근한 물에 사나흘 두는데, 볍씨가 송송 자라 싹을 틔우면 얼마나 예쁜지 모른다.

녀석들을 아기 다루듯 조심히 건져 내어 모판에서 따뜻하게 키운다. 귀여운 싹들이 솔솔 자라 나오면 물이 있는 못자리로 옮기고, 다시 부직포를 덮어 둔다. 거기서 15센티미터 정도 더 키우는 거다. 마치 자유의 마을에서 태어난 우리 형제를 파주 도심으로 거처를 옮겨 준 것처럼.

올봄에도 아빠를 도와 모심기를 했더랬다. 모를 논으로 옮겨 놓고 물을 빼 주는데, 그래야 심은 모가 물에 동동 뜨지 않고 뿌리를 잘 내린다고 배웠다. 늘 듣던 말인데도 아빠는 어떤 의식이라도 되는 것처럼 했던 말을 매년 또 하고 또 했다. 진심으로 농사일이 전부였던 거다. 나는 올곧은 아빠를 그대로 따랐다.

"잘 알아 둬. 아빠는 너만 믿는다."

'나만 믿는다'는 그 말에 평생 매여 살 것 같다는 생각을 하면서, 아빠가 없는 집 안을 휘둘러보았다. 돌아갈 채비를 마친 후 빈 마트 가방을 들고서 논으로 나갔다.

이곳은 여기만의 냄새가 있다. 모든 것이 텅 빈 듯한 땅의 누릇한 내음, 동시에 공허함을 가득 메운 풀과 흙의 상쾌한 향기. 이제껏 맡아 보지 못했던 냄새가 집에 가득해서 마음이 어지러웠다. 수로를 손보던 아빠가 나를 발견하고 손을 들어 보였다. 하지만 응하지 않았다. 대신 아빠를 향해, 화난 걸음으로 논두렁을 성큼성큼 걸어갔다.

곧 10월이다. 다음에 올 때쯤이면 벼가 누렇게 익어 있겠지. 아빠가 수확한 쌀로 밥을 지으면 빛깔이 아주 희어서 마치 청백색 백자처럼 푸른 기운마저 감돌았다. 차지고 기름진 쌀밥 한 그릇은 아주 추운 겨울날로부터, 아빠의 수고로부터 시작되는 셈이었다.

어릴 적, 일 년 내내 공을 들여 땅을 일구는 농부 아빠를 존경했다. 자랑스럽다고 생각했다. 마치 세상을 등지고 산으로 들어가 수련에 힘쓰는 무림의 고수 같은 아빠를, 나는 미워하거나 거스른 적이 한 번도 없었다. 나는 아빠가 정해 놓은 농부라는 답에 갇혀, 다른 삶은 생각조차 해 본 적이 없었다.

그러나 모든 건 내 착각일 뿐, 내가 아는 아빠와 아빠의 본 모습은 전혀 다를지도 몰랐다. 아빠에게 가까워지는 한 걸음 한 걸음에 배신감이 고스란히 실렸다. 충격과 상처, 그리움과 사랑, 그리고 환멸까지도.

아빠 앞에 다다른 나는 숨을 고르며 대뜸 물었다.

"엄마랑 이혼할 거예요?"

놀랐으면 했다. 그런데 아빠는 놀라지 않았다. 찡그린 얼굴로 나를 쳐다볼 뿐이었다.

"왜 대답을 못 해요, 예? 이혼 서류 다 봤어요. 이게 다 정희 아줌마 때문이에요? 그런 거예요?"

나는 다그치듯 물었다. 아빠는 수로 옆 물컹한 흙을 발로 콱콱 밟아 다졌다.

"아냐, 그런 거. 아줌마는 그냥 친구다. 진짜 그건 아니야."

거짓말. 하지만 나는 그 말을 믿고 싶었다. 아빠에게서 풍기는 분내를 더는 맡고 싶지 않았다.

## 우리의 끝

나는 버스를 타고 문산역으로 나와 곧장 엄마가 다니는 일터로 향했다. 뭐가 옳은 건지 헷갈렸다. 단지 친구라고 하니 친구인 게 맞는 것도 같고, 나도 그렇게 믿고 싶었다. 아빠의 말을 엄마에게 알려 주고 싶었다. 헤어지지 말고 변하지 말고, 제발 가족으로 함께 있자고 말해 주고 싶었다.

헤이리 프로방스는 주말 손님으로 붐볐다. 오랫동안 아빠의 세상에서 살다가 사 년 전 처음 이곳에 왔을 때, 나는 많이 놀랐다. 어렸지만 아빠와 나, 그리고 엄마와 형 사이에 흐르는 엄청난 간극을 느꼈다. 웃고 떠드는 사람들을 보면 기분이 이상했다. 코앞에 DMZ가 있다는 걸 모르나 싶었다. 서로 총구를 겨눈 휴전선이 바로 위에 있다는 사실을 말이다. 대성동과 프로방스, 아빠와 엄마. 극과 극의 공존이 위태롭고 불편했다.

매장 앞에서 엄마한테 문자를 보냈다. 엄마는 설연 엄마에게 가게를 부탁하고 야외 카페로 나를 데리고 갔다. 복잡한 표정을 짓는 엄마를 앞에 두고, 나는 무슨 말부터 꺼내야 할지 고르고 있었다.

엄마가 먼저 입을 열었다.

"로운아, 미안하다. 아빠한테서 전화 왔어. 다 들었어, 모두 다. 우리 아들, 많이 놀랐지?"

그랬구나. 그럼 조금 쉽겠다.

"이렇게 알게 해서 정말 미안해. 그런데 많이 고민하고 내린 결정이야."

깊은 한숨을 내쉬는 엄마 앞에서 나는 할 말을 잃었다. 혀을 찔려 마비된 장무기의 혀처럼 입이 잘 움직여지지 않았다. 아빠와 아줌마는 그런 사이가 아니라고, 엄마의 오해를 풀어 주겠다며 마음먹고 왔는데 아무 말도 할 수가 없었다. 대신 차가운 유리잔을 손으로 꽉 쥐었다. 나는 차마 입이 떨어지지 않아서 애먼 아이스티만 휘휘 저었다.

"그냥 아빠를……, 믿어 주면 안 돼?"

설연이 나를 믿어 주지 않아서 느꼈던 괴로움을 아빠도 겪었을 것 같았다. 엄마라도 믿어 주면 안 되나? 엄마는 어두워진 낯빛으로 고개를 저으며 커피를 한 모금 마셨다.

"이건 엄마 문제니까 알아서 하게 놔둬."

감이 왔다. 끝이구나. 이렇게 '우리'가 끝나는 거야. 커다란 문이 바로 눈앞에서 닫혀 버리는 기분이 들었다. 그렇다고 그 문을 그대로 닫히게 놔둘 수는 없었다.

"이게 어째서 엄마 혼자의 문제야? 나랑 형이 있는데. 아니라잖아, 아빠가. 절대 아니라는데 왜……?"

엄마가 내 말을 끊었다.

"처음엔 다른 게 중요했지. 바람일까, 아닐까. 나도 그것만 생각했어. 근데 지금은."

나도 할 만큼 했어. 이게 내 최선이야. 엄마 눈은 그렇게 말하고 있었다.

"바람을 피웠는지 안 피웠는지, 아빠를 믿을지 안 믿을지의 문제가 아니야. 중요한 건 우리가 이미 이렇게 되어 버렸다는 거지."

갑자기 한기가 훅 느껴졌다. 유리잔을 쥔 손끝이 떨렸다. 내가 알던 엄마, 아빠가 아닌 것만 같았다. 그래, 모든 건 변하기 마련이지. 내가 모르는 사이에도 바뀌어 가겠지. 엄마가 내 손을 잡더니 입 모양으로 미안해, 라고 했다.

입은 웃는데 눈은 우는 것 같은 미소였다. 그 미소가 아팠다. 여인을 울리다니. 무릇 강호의 사나이에게 배신은 곧 죽음을 뜻하건만 의리를 저버린 자가 아빠라니, 부끄러웠다. 그런 마음이 드는 한편으로는 누구의 잘못이 먼저이고 또 누구를 탓해야 옳을지 솔직히 알지 못했다.

"그럼 이제 어떻게 되는 건데?"

묻는 말이 아니었다. 두려움이 차올라 그저 입 밖으로 흘러나온 것뿐이었다. 엄마는 어깨를 꼿꼿이 펴며 차분한 어조로 말했다.

“나는, 나로 살아갈 거야. ……미안해.”

엄마는 어느새 단단해져 있었다. 얼마나 오랫동안 마음을 앓았는지, 얼마나 고민해야 포기가 되는 건지 나로서는 도저히 가늠이 안 되었다. 그동안 알고 싶지 않아서 보지 않았다. 어쩌면 무의식적으로는 다 알면서도 끝나 버렸다고 인정하기 싫었는지도 모른다. 나의 첫사랑처럼.

지금까지의 내 삶은 무협지처럼 총천연색 만화 같았다. 친구들과 떡볶이를 사 먹고 달음질을 치고 시시한 농담을 따먹기도 하는, 별것 없는 일상이 즐거웠다. 그러나 사랑이 시작되면서, 아니 어쩌면 사랑이 끝나 가면서 나와는 너무 다른 사람들의 마음이 보이기 시작했고, 나의 세계는 색깔을 잃은 듯 어두워졌다.

세상이 회벽을 드러낸 폐건물로 뒤덮이는 것 같아 숨이 막혔다. 할 수만 있다면 시간을 되돌려 예전으로 돌아가고 싶었다. 다시는 누군가를 좋아하고 기대하면서 상처받고 싶지 않았다.

나는 아이스티를 테이블에 내려놓으며 마음의 문을 걸어 잠그고 더 이상 아무도 사랑하지 않으리라고 마음먹었다. 결국 나에게 사랑은 나빴다.

방어전

어디냐?

편의점 알바 중.

가도 돼?

ㅇㅋ. 파주신룡, 오거라.

너덜거리는 가슴을 안고 멸절사태에게 가야 했다. 터져 버릴 것만 같은 답답한 가슴의 혈을 조금이나마 풀어야 했다. 속세의 괴로운 문제에 대한 해결책을 말해 줄 이는 지금 나에게 무림 최고의 귀를 가진 승재뿐이었다.

계산대에 있는 승재 옆에 나도 섰다. 으레 하던 것처럼 승재가 손님이 건넨 물건의 바코드를 찍으면 내가 봉투에 챙겨 넣었다. 그러면서 요 며칠 사이에 겪은 일을 승재에게 들려주었다. 굳이 그러지 않아도 되는데 승재는 리드미컬한 리액션을 해 보였다.

"오 마이 가쉬. 와우! 대박이네, 대박이야."

"엄마, 아빠는 상관 말라는데. 나, 이제 어떡하면 되겠냐?"

"이럴 땐 용발톱 권법이지. 그 아줌마한테 용발톱을 날렸어야 해."

"뭐라는 거야. 심각하다고, 지금."

나는 흘러내린 앞머리를 신경질적으로 쓸어 올렸다. 승재가 힘주어 말했다.

"대한민국 부부 평균 두 쌍 중 한 쌍이 이혼인데 놀라운 일도 아니지, 뭐."

"……참 위로가 된다."

오늘은 승재도 도움이 안 되는 것 같다. 그때 누군가가 계산대에 에그 샌드위치를 올려놓았다. 승재가 조금 놀라더니 인사를 했다.

"어, 안녕……. 학원 끝났나 보네? 저녁밥이야?"

헉, 지설연. 언제부터 들어와 있었지? 방금 전 내 이야기도 들은 것 아니야? 마구 걱정이 되었다. 눈치를 살피는데 자세히 보니 귀에 에어팟이 꽂혀 있었다.

다행이다. 아, 참! 맞다! 정신 줄 똑바로 잡자. 나는 화난 상태였지. 잠시 잊었다. 설연이 언뜻 눈길을 던지는 것 같았지만 나는 일부러 모른 척했다.

"야, 지설연!"

승재가 돌아서려는 설연을 불러 세웠다. 나도 놀라 승재를 쳐다보았다. 얘, 갑자기 왜 이래? 뭘 하려는 거지?

"로운이랑 나, 네가 생각하는 그런 사이 아니다. 확실히 해 두려고 딱 한 번 손도 잡았는데, 진짜 아니었어. 나도 눈이란 게 있거든."

설연이 놀란 눈으로 나를 보았다. 빨개진 설연의 얼굴처럼 내 얼굴도 화끈 달아올라 뜨거워졌다. 오승재, 이 녀석. 나는 얼른 빈 마트 가방을 들고 쫓기듯 편의점을 나와 버렸다. 그러지 않아도 힘든 하루였다. 설연을 상대하기엔 애석하게도 내 상태가 너무 좋지 않았다.

집까지 왔다. 엘리베이터를 타는데 설연도 뒤따라 탔다. 나는 어색한 침묵 속에 서성대다가 같은 층에서 문이 열리자마자 튕기듯 엘리베이터를 나왔다.

"로운아."

급히 현관문 비밀번호를 누르는 나를 설연이 나직하게 불렀다. 나는 이미 패배를 감지했다.

"저기, 있지. 어른들도 우리랑 별반 다르지 않아. 원래 이혼이 그래. 힘들겠지만 상처 받지 말고 힘내."

그 순간, 내가 예상한 두 가지가 전부 빗나갔다는 걸 깨달았다. 하나는 축지법으로 설연을 가뿐히 따돌릴 수 있다고 생각한 것이고, 또 하나는 승재에게 떠든 우리 부모님 이야기를 설연이 듣지 못했다고 판단한 것이다.

"왜 사람 말을 엿듣고 그래!"

나는 괜히 쪽팔려서 불쑥 성을 냈다.

"앗, 미안. 에어팟 배터리가 없어서 말소리가 들렸어. 근데 너, 승재한테 내 이야기 했어?"

심히 당황하지 않을 수 없었다. 이제 와서 그 일을 따지려는 걸까. 나는 대번에 눈을 크게 부릅뜨고서 설연이 더 이상 교묘한 술수로 아픔을 주지 못하게끔 방어전에 나섰다.

"아, 그거? 네가 나를 의심하니까 어쩔 수 없잖아! 나도 확인을 해 봐야 했다고. 그래서 손 한번 잡아 본 거야. 네 말마따나 내가 승재를 여자로 정말 좋아하는지 알아봐야 할 거 아냐. 네가 너무 안 믿어 주니까 그런 거라고. 네가 나빠. 내가 너를 좋아한다는데 네가 안 믿어 줬잖아!"

"아, 그랬구나."

설연의 얼굴이 일순 편안해졌다.

너무도 아무렇지 않게 아, 그랬구나? 내 마음은 이리도 엉망인데 정말 모르는 건가?

"어! 그런 거야."

불편한 긴장감이 사라지지 않은 채 둘 사이를 꾸역꾸역 맴돌고 있었다. 이제 네 동정 따위 필요 없다고 말하고 싶었다.

"아까 내가 편의점에서 한 이야기, 우리 아빠 이야기 아니거든? 우리 엄마 이야기도 아니라고. 우리 아빠는 너희 엄마처럼 그렇지 않아. 우리는 이혼하고 그러지 않을 거라고."

아뿔싸! 말을 와락, 뱉고 나서야 아차 싶었다. 몸과 마음이 제대로 조절되지 않아 주화입마에 빠진 입! 요놈의 입이 방정을 부렸다. 문득 미안해져서 설연을 슬그머니 바라보았다. 얼굴이 차갑게 굳어 있었다. 커다란 눈에 그렁그렁 눈물이 맺히더니 깊은 슬픔이 물결치듯 전해져 왔다. 내가 설연의 마음을 아프게 만들었다. 내가 나빴다. 어느새 화가 천천히 사그라드는 걸 느꼈다. 똑같은 일을 겪은 우리는, 그리 다르지 않다는 생각이 들었다.

"미안해, 그렇게 말해서. 정말 미안해."

나는 서툴게 사과했다. 설연은 손으로 눈물을 쓱 닦고 아무 말 없이 자기 집으로 들어가 버렸다.

휑한 공간에 나 홀로 남았다. 이로운, 애먼 사람에게 화풀이나 하고. 너, 진짜 한심하다.

## 불닭 볶음면

집으로 들어가려다 주춤 걸음을 멈추었다. 복도로 난 창문으로 엄마 모습이 어렴풋이 보였기 때문이다. 그때 현관문이 다시 열리더니 설연이 문밖으로 얼굴을 빼꼼 내밀었다.

"우리 집에 있다 갈래? 너희 집에 지금 엄마 계시잖아."

나는 머뭇거리다 설연이 열어 놓은 문 안으로 발을 들였다.

현관에 들어서자 상쾌한 풀 냄새가 났다. 싸한 박하 향이 참 반가웠다. 덕분에 마음이 한결 편안해졌다.

"배고프지? 잠깐만."

"어, 응."

설연은 책가방을 내려놓고 바쁘게 부엌으로 들어가 뭔가를 콩닥거리며 만들었다. 조금 뒤, 설연이 식탁 위에 냄비를 놓았다. 편의점에서 사 온 에그 샌드위치도 같이 내밀었다.

"먹자."

"응, 고마워."

톡 쏘는 듯 알큰한 냄새가 코에 와 닿았다. 예전에 늘 함께 먹던 불닭 볶음면이었다. 우리에게도 좋은 한때가 있었다. 자기가 가진 걸 서로에게 내어 주는 데 아낌이 없었던, 시간이든 뭐든 말이다. 언제부터인지 몰라도 나는 점점 그것을 당연한 것으로 여겼다. 이해를 바라며 설연에게 내어 주었던 시간을 야금야금 가져와 친구들과 노는 데 썼다. 어쩌면 설연은 그게 섭섭했는지도 모른다.

갑자기 입속에 침이 돌았다. 우리는 고개를 숙인 채 열심히 불닭 볶음면을 먹었다. 배가 든든히 차오르자 다 내려놓을 마음이 되었다. 샌드위치를 뜯으며 나는 무심하게 툭 말했다.

"정말 헤어질 건가 봐."

"그분들 마음을 네가 어쩌겠어. 괜찮아, 괜찮을 거야. 나 봐. 괜찮잖아?"

설연이 불닭 볶음면을 젓가락으로 뱅글뱅글 말면서 우스운 표정을 지어 보였다. 우리는 동시에 웃음이 푹 터졌다.

"한 발짝 떨어져 봐, 로운아. 그것도 자꾸 해야 늘어. 다 마음의 문제더라고."

"마음의 문제라니, 참 얄궂다. 보이지도 않는 게 웃겼다, 울렸다, 좋아했다, 미워했다……. 내가 할 수 있는 게 정말 없는 걸까?"

멀뚱히 듣고 있던 설연이 젓가락으로 냄비를 톡톡 치며 살짝 웃었다.

"그냥 너 잘 먹고 잘 사는 거?"

웃음이 피식 나왔다. 그때 식탁 위에 놓인 휴대폰이 반짝거렸다. 승재가 보낸 문자였다.

> 사형, 허튼 생각 하지 마라. 모르는 개산책인 일도 있는 법. 넌 모름지기 파주를 주름잡을 인물이 될 것이다.

"승재야? 뭐래?"

"오자 작렬이네. 모르는 개산책이래."

설연이 불닭 볶음면을 삼키다 캑캑 웃었다. 그 모습이 너무 귀여웠다. 조금 뒤 설연이 진지하게 덧붙였다.

"못 믿고 오해해서 미안했어. 그리고 나도 너를……. 아! 몰라! 말을 해야 아니? 바보야."

불닭 볶음면이 매워서인지 가슴이 다시 힘차게 뛰기 시작했다. 콩닥콩닥 두근대는 내 마음이 모든 걸 말해 주고 있어서 다음 말은 들을 필요도 없었다. 나를 괴롭히던 부모님의 이혼 문제가 점점 멀게 느껴졌고, 설연의 말처럼 나는 괜찮을 거라는 확신이 섰다. 조금 힘이 들 수는 있겠지만, 그럼에도 나는 괜찮을 게 분명했다.

저녁을 다 먹고 나서 우리는 아파트 단지를 걷다가 놀이터 그네에 앉았다. 바람 따라 흔들리는 감나무 잎사귀 소리가 사락사락 정겹게 들려왔다. 우리는 발을 구르며 앞뒤로 움직이는 그네의 박자에 맞춰 이야기를 나누었다. 설연은 엄마가 다시 해외로 떠나려 한다고 말했다. 하지만 자신은 이제 떠나지 않을 작정이라고도 했다.

"아줌마 혼자 보내도 괜찮겠어?"

"그러는 너는? 진짜로 아저씨한테 안 갈 거야?"

나는 깊게 공기를 들이마신 후 다시 내쉬었다. 이번 일로 많은 걸 배웠다. 누구에게도 휘둘리지 않고 내가 원하는 곳에 뿌리를 내리겠다는 다짐을 했다.

"어, 당분간은. 하지만 돌아가겠지, 언젠가는."

"언젠가는?"

"……내공이 생기면?"

말을 하고 나자 비로소 깨달았다. 아빠 말이 맞았다. 말에는 어마어마한 힘이 있다. 언젠가 시간이 흐른 뒤에, 나는 아빠를 다시 찾을 것이다.

설연이 입을 삐죽 내밀었다. 결별 이후 얄밉게 보였던 표정이 이제는 무지무지 예쁘게 보였다. 아무도 좋아하지 않기로 한 것, 사랑 따위 하지 않겠다고 결심한 것, 전부 다 취소다! 지금 내 머릿속에서 폭죽이 터지면서 가슴이 벅차오르고 있으니.

이 순간, 사랑이 다시 시작되려 하고 있었다.

코
르
셋

아가미와 몸통 사이를 탁! 그 순간이 좋다. 살점이 떨어져 나가는 촉감이 칼날을 타고 손바닥 전체로 전해지는, 그 느낌을 사랑한다. 내 배도 잘라 내고 다듬으면 모든 게 괜찮아질까. 적어도 지금보다는 당당해질 수 있을 것 같다.

대가리를 맛있게 먹는 사람은 거의 없다. 고등어를 석쇠에 끼워 맥반석 화로에 넣기 전에 꼭 물어봐야 한다. 생선 대가리도 드릴까요, 라고. 손님이 필요 없다고 하면 과감하게 끊어 낸다. 도마 위에서 얌전히 처분을 기다리는 고등어, 그 위로 칼을 높이 쳐들어 내리친다. 혹시라도 주세요, 라고 말하는 손님이 있을지 몰라 나는 몇 초간 쳐다보며 기다린다.

누군가와 시선을 마주치는 일이 도통 없는 내가, 물끄러미 손님을 바라본다. 마치 한 번 더 잘 생각해 보라는 듯이. 내 배 속 핵폭탄도 잘라 내 버릴까요, 라고 물어보듯이.

그런 일은 잘 없다. 안 그런가? 대가리는 인기가 없으니. 내 안에 깃들기 시작한 이 애도 떼어 내고 말 거다. 그리고 보란 듯이 보낼 거다. 멀리, 아주 저 멀리.

기선우, 나쁜 새끼. 언제는 죽자고 따라다니더니 아기가 생겼다고 피하기 시작했다. 비겁한 자식. 그래서 내 쪽에서 뻥! 차 버렸다. 독해져야 내가 산다. 나에게는 이 방법밖에 없다.

북적거리는 점심 장사를 마치고 나면 엄마와 나는 한가하게 얼음 띄운 커피 한 잔을 마시곤 했다. 그러나 임신 사실을 알고 나서 내 커피는 찬물로 바뀌었다.

"아유, 더워. 더워서 미치겠네. 연수야! 너도 좀 닦자. 엄마 좀 봐."

엄마가 목에 두르고 있던 수건을 풀어 내 얼굴을 닦으려 했다. 쉰내가 배어 버린 수건은 오래된 탓에 삶거나 빨아도 하얘지질 않고 누랬다. 저게 내 얼굴에 닿는다는 생각만 해도 입덧 때문에 속이 막 울렁거렸다. 헛구역질이 올라와 엄마 손을 피해 얼굴을 홱 돌렸다.

"윽, 됐어. 엄마나 닦아."

"으이그, 자식 키워 봐야 다 소용없지."

조금만 쌀쌀맞게 굴어도 엄마는 저런다. 사실 나는 지금 엄마를 똑바로 쳐다볼 수가 없다. 그랬다가는 배 속에 아기가 있다는 걸 단번에 들킬 것만 같으니까. 그럼 엄마는 또 쓰러질 것이다.

올해 봄은 사악한 계절이었다. 다투는 거야 늘 있는 일이지만 반항심이 최고조로 치닫고 있던 3월의 어느 날, 호피 무늬 몸뻬를 입고 스쿠터로 배달 중이던 엄마가 갑자기 쓰러져서 죽다가 살아났다.

머릿속에 암 덩어리가 있다고 했다. 정확히 열두 시간 이십 분의 수술이 끝나고 회복실에 누워 있는 엄마를 만났을 때, 눈물이 왈칵 났다. 슬퍼서가 아니라 화가 나서. 이럼 반칙이지. 나만 나쁜 년 만들고 하얀 병상에 얌전하게 누워 있으면 안 어울리잖아, 어? 그렇잖아. 여태껏 엄마를 미워한 나는 어떡하라고?

"생선 만진다고 내가 우스워? 이딴 돈 필요 없어! 안 팔아, 안 판다고!"

손님이고 자시고 엄마 앞에서 말 한번 잘못했다가는 약도 없다. 엄마는 말로 사람을 반쯤 죽여 놓는다. 방신 시장 제일 가는 불멸의 욕쟁이. 악바리 몬스터 아줌마. 무시당하느니 다 구운 고등어도 패대기쳐 버리는 사람. 딸에게도 부드러운 말한 마디 건넨 적 없는 거칠고 매정한 엄마.

그런데 죽을 수도 있다니, 없어질 수도 있다니. 충격이었다. 수술 이후 그동안 엄마를 미워하고 욕했던 내 입장이 애매해졌다. 쌍욕을 퍼붓던 엄마와 맨날 싸워야 정상이었는데.

항암 치료를 받고 나서 엄마의 머리카락을 밀어 주다 셰이빙 폼 냄새에 입덧이 시작된 걸 알았다. 그래서인지 여전히 파리한 엄마의 머리를 볼 때면 오금이 저린다. 죄책감을 꼬깃꼬깃 구겨 주머니 속에 넣고 엄마 눈을 마주치지 않을 수밖에……. 맞다. 자식 키워 봐야 다 소용없는 거다.

방학이 시작되면 나는 어김없이 엄마의 생선구이 가게로 출근해야 했다. 다른 아이들과 입장이 달랐다. 효녀 심청이? 과연 심청이가 착하고 싶어서 착했을까? 아닐걸? 집안 사정으로 아홉 살에 입학한 데다 또래에 비해 성장도 남달랐던 나는 초등학교를 졸업하기도 전에 엄마보다 힘도 세고 키도 컸다. 중학교 1학년 땐 체육 선생님 권유로 삼 년간 수영 선수로 활약했다. 지금은 관두었지만.

힘닿는 데까지 엄마를 돕고 싶었다. 엄마와 내가 한 덩어리라고 느꼈기 때문에. 좋든 싫든, 엄마가 즐겁다면 나도 즐겁고, 엄마가 슬프다면 나도 슬펐다. 그런 줄 알았다. 하지만 이제는 아니다.

내가 지금 엄마를 돕는 이유는 돈이 필요하기 때문이다.

여자 홀몸으로 키우느라 등골이 다 휘었다는 엄마에게 하늘땅만큼 미안해해야 맞겠지만 솔직히 엄마만 생각하면 숨이 막힌다. 엄마만 아니었으면 선우랑 사귀다 아기를 가질 일도 없었겠지.

나는 오늘도 엄마의 생선구이 가게로부터 벗어나기 위해 잔뜩 몸을 웅크리고 도움닫기를 준비한다. 가게 돈을 몰래 조금씩 훔치면서.

계획은 이렇다. 배 속 아기를 입양 보낸다. 아기를 건넨 대가로 엄마 수술비를 충당한다. 가게에서 빼돌린 돈을 갖고 여기서 도망간다. 도망이랄지 탈출이랄지, 뭐라 부르든 상관없다. 나를 아무도 모르는 곳으로 가서 자유롭게 사는 거다. 그때까지만 참자. 조금만 더 참자.

주문처럼 되뇌어도 가게에서 엄마와 가난을 마주하는 일은 여전히 비리고 고역스럽다.

해가 나슨히 내려앉은 오후는 여유가 있다. 우리는 달아오른 더위를 식히기 위해 앞문과 뒷문을 열고, 뒷문과 주방 사이 바람이 드나드는 곳에 나란히 앉아 찬 음료를 마시고 있었다. 그때였다.

"고등어구이 두 마리, 포장해 주세요."

손님이었다. 뒤를 돌아보니 여자 두 명이 가게 안으로 들어와 있었다.

"내가 갈게."

엄마를 눌러 앉히며 발딱 일어났다. 머릿속 혈관이 터지지 않으려면 엄마는 천천히 움직여야 했다. 나는 그 틈을 이용해 벌써 백만 원 넘게 모았다.

잽싸게 달려 나가 카운터 앞에 섰다.

"어라? 너, 연수 아니니? 어머나! 얘, 연수야. 너, 갑자기 그만두어서 궁금했는데, 잘 지냈어?"

카드를 내밀고 있는 사람은 뜻밖에도 중학교 때 수영을 같이했던 친구, 지은의 엄마였다. 아줌마는 반갑게 인사를 건넸지만 나는 쓴웃음만 지어 보일 수밖에 없었다.

아줌마는 모른다. 지은과 내가 연락을 하고 지낸다는 사실을. 나조차도 몰랐다. 서로의 생활 반경에서 벗어난 우리가, 배 속 아이로 인해 다시 엮이게 되리라는 것을.

수영장 앞에서 지은을 기다리던 아줌마를 자주, 아니 매일

보았다. 찬합 뚜껑을 황급히 열어 김밥을 두 개씩 딸 입에 쏙 넣어 주고서 주차장으로 데려가는 모습을 멀찍이 지켜보며 우리 엄마도 저랬으면, 하고 생각했다.

그런데 아줌마 뒤에 서 있는 여자를 보는 순간, 너무 놀란 나머지 온몸이 경직되는 걸 느꼈다. 고민정 씨, 지은의 고모였다. 아줌마는 오십 대, 고모는 사십 대. 우리 엄마는 육십 대 같은 사십 대. 여기로 온다는 말은 없었는데 왜 불쑥 나타난 걸까. 너무 당황해서 건네받은 카드를 단말기에 거꾸로 집어넣었다. 고민정 씨는 나에게 비밀스러운 눈짓을 보내고는 살짝 웃었다. 시종일관 내 배 쪽에 시선을 던지며.

"……고등어 대가리도 드려요?"

아줌마는 잠시 망설이더니 뒤를 돌아보며 고민정 씨에게 같은 질문을 했다. 고민정 씨는 가져가겠다고 했고, 나는 고등어 두 마리를 통째로 석쇠 위에 놓고 굽기 시작했다.

두 사람은 선풍기와 가까운 테이블에 가방을 내려놓고 앉아 수다를 나누었다. 그러는 사이 고민정 씨는 나를 힐끔힐끔 쳐다보았다. 이런 식의 갑작스러운 출현은 무슨 의미일까. 나는 얼굴에 흘러내린 옆머리를 귀 뒤로 단정하게 넘기고 옷매무새를 다듬었다.

칙칙했던 고민정 씨의 얼굴은 그새 살이 차오르고 환해졌다. 모자를 눌러쓰고 다니던 민머리도 제법 길어 단발이 되었다. 환자복이 아니라 우아한 블라우스 차림이어서 그런지, 고민정 씨가 새삼 낯설게 느껴졌다.

엄마가 고민정 씨를 보면 안 되는데. 엄마가 알면 비밀스럽게 진행되고 있는 내 계획이 틀어질 수도 있다. 무슨 일이 있어도 비밀로 해야 한다. 고등어야, 얼른 구워져라. 나는 벌겋게 익어 가는 고등어와, 등을 보이고 앉아 있는 엄마와, 아줌마하고 수다 중인 고민정 씨를 정신없이 번갈아 바라보았다.

너희 엄마랑 고모랑 가게에 왔다 갔어. 왜 말 안 함?

늦은 밤, 지은에게 문자를 보내고 침대에 대자로 드러누워 버렸다. 몸이 부쩍 힘들었다. 답장이 바로 왔다. 운동하느라 지은은 친구가 없는 편이니까. 거기다 미안했을 테니까.

레알? 우리 엄마 간 건 알았지. 근데 헐, 고모도?
어쩐지~ 저녁에 고등어 먹음.ㅋ 마디쪄, 마디쪄.^^
맞다, 그거 알아? 왼쪽으로 누워 자면 아기가 남자래.

가끔씩 느낀다. 비밀을 공유한 유일한 친구지만 얘한테 내 임신은 심각한 게 아니라는 걸. 이 모든 게 무슨 스파이 첩보 작전 같은가 보다. 이미 헤어졌다는 나에게 선우랑 잘 때 어땠느냐, 정자와 난자가 만나는 순간이 느껴졌느냐 같은 얼빠진 소리를 해 댔다. 한없이 한심해하다가도 어쩔 수 없이 얘한테 의지하고 있는 내가 더 한심하다는 결론에 이르곤 한다. 지금처럼.

사실 지은의 도움이 없었다면 아기를 입양할 사람을 찾지 못해 중절 수술을 했을지도 모른다. 그것도 뒷거래로. 그러니 한 살 어린 지은이 나랑 친구 먹는 것도, 이런 생각 없이 보내는 문자도 모두 용서해야 한다.

왜 옴? 급방문 곤란.

거두절미하고 본론으로 직행이다. 갑자기 불쑥은 정말 아니지. 응, 진짜 아니다.

왜? 가면 안 돼?

지은이 뒤로 한발 물러났다. 싸했다. 이건 사정거리를 재기 위한 후퇴다.

고모가 편의 봐준 건 인정?

고모 덕에 애 호적에 올리지 않고 너는 좋잖음?

고모는 불법 아니어도 애 입양 가능한데 나라면 절대 ㄴㄴ.

고모가 솔까 천사다, 천사.

어쭈, 이제는 아주 따발총으로 포인트 공격을 날렸다. 고모 고모고모고모. 그럼 나는? 내 입장도 있는데 정말 어이가 없었다. 적의 반격에 나도 손가락을 놀리려는 순간, 꽝! 하는 소리에 정신이 번쩍 들었다.

"안 씻어?"

엄마가 커다란 발을 투박스레 닦으며 방으로 들어왔다. 화들짝 놀라 애 떨어질 뻔했다. 우습지만 정말 그랬다.

"아이, 씻었어! 소리 좀 지르지 마. 간 떨어질 뻔했잖아."

"하이고, 엄마한테 말본새하고는. 자식 키워 봐야 내 인생만 고달프지, 쯧."

나는 벽 쪽으로 돌아누워 버렸다. 엄마가 올라오자 매트리스가 찌걱거리며 푹 꺼졌다. 엄마가 팔을 툭툭 두드렸지만 주물러 줄 기분이 들지 않았다. 대신 어깨로 휴대폰을 숨긴 채 문자를 뚫어져라 바라보았다.

고모, 며칠 뒤 미국 들어감.
가기 전에 너 좀 만나고 싶대.

또 만난다고? 아기만 받고 끝나는 게 아니었나? 힘주세요. 네, 아기 나왔어요. 자, 아기 받으세요. 아기 데리고 바이바이, 디 엔드. 끝. 이러기로 했던 게 아닌가? 나를 왜? 그래, 뭐. 만나 보곤 싶겠지. 어차피 내 아기의 엄마가 될 사람이잖아. 잘해 둘 필요가 있었다.

"연수야, 달 봐라. 아이고, 예뻐라!"

"치, 이쁘긴. 보이기나 해?"

"진짜로 보인다니까? 딱 너다. 하얗고 둥글하니 딱 우리 연수다."

"아, 몰라. 잘 거야."

돌아누운 나에게 괜히 말을 걸어 보려는 심산이란 걸 모를 줄 알고? 우리 집 창문으로 달을 보기란 밤하늘에 별 따기보다 더 어렵다. 낮게 드리운 별도 사방이 꽉 막힌 반지하 주택에선 가당치도 않으니까. 그런데도 엄마는 포기하지 않고 말을 걸었다. 수시 준비는 잘하고 있냐, 고3 아니냐, 다니고 싶은 학원은 없냐.

웃기시네. 돈도 없으면서. 엄마는 나를 바보로 아는 걸까. 당장 가겟세도 내지 못해 쫓겨날 판인데, 무슨 학원이며 대학 걱정을 하실까. 엄마의 무책임한 관심이 나를 무겁게 짓누른단 걸 모르나. 그렇다고, 장학금 주는 대학은 내 성적으로 어려울뿐더러 덜컥 아기까지 생겨서 정신이 없습니다, 하고 이실직고할 수는 없지 않은가.

"내 일은 내가 알아서 해. 신경 꺼."

엄마 입에서 C 언어가 쏟아져 나왔다. 비타민 C가 떠올라 입안 침샘이 터지고 셔벗이 엄청 먹고 싶어졌다. 잠이나 자야지. 그런데 잠이 오지 않았다. 몹시 꿉꿉한데도 온몸에 한기가 들고 소름이 돋았다.

나를 왜 보자는 걸까? 입양을 포기한다고 하면 어쩌지? 그날 밤, 내 몸의 솜털들은 말미잘 촉수가 된 듯 방 안을 떠도는 미세한 공기의 흐름 한 가닥조차 놓치지 않았다.

엄마의 퇴원 이후 배달은 온전히 내 몫이 되었다. 한낮에 스쿠터를 몰면 여름의 열기가 폐 속 가득 들어차고 배가 더 딱딱하게 굳었다. 그래도 바깥으로 나올 수 있는 이 순간은 온전히 나 혼자만의 시간과 평온, 그 자체였다.

고등어를 건네고 빌라 밖으로 나오는데 선우가 보였다. 숨이 턱 막혔다. 아, 선우가 아르바이트를 하는 세차장이 이 근처에 있었지. 나를 보고 쫓아왔나. 심장이 쿵쿵 뛰고 머릿속이 새하얘졌다. 최대한 무심하게, 아무렇지 않게 행동하자고 마음먹고 그 애를 지나쳐 스쿠터에 올랐다. 우리가 달리 어찌해 볼 수 있는 것도 실제 없긴 하니까.

"야, 너 진짜 이럴 거야? 너는 너밖에 없어?"

"내가 뭐!"

갑작스러운 질문에 선우를 노려보았다. 선우도 나를 화난 얼굴로 쳐다보았다. 선우와 나는 한참을 그렇게 서 있었다. 건널목 떡볶이 가게 냄새나 지나가는 사람들의 시선도 느끼지 못한 채. 선우가 신경질적으로 머리를 쓸어 넘기곤 한 바퀴 빙글 돌며 아, 진짜 돌겠네, 라고 중얼거렸다. 발을 탕탕 구르더니 내 쪽으로 바짝 다가서서 작게 말했다.

"톡은 씹어, 전화는 안 받아. 나보고 어쩌라는 거야? 어쩌라고 이러냐고."

"누가 너보고 어쩌래? 네가 먼저 피했잖아. 아니야? 그러니까 됐다고. 너, 필요 없다고. 아님 뭐, 이제 와 책임이라도 지시겠다고?"

"……."

그래, 할 말 없지? 예상했던 대답이고 시추에이션이었다. 하연수, 막장 드라마 찍니? 누가 누굴 책임져? 꼰대 같은 말을 해 버렸다. 내 입을 꿰매 버리고 싶었다.

"그만하자. 너는 너대로 살아. 나는 나대로 살게."

선우가 내 팔을 덥석 잡았다.

"놀라서, 너무 놀라서……. 아, 씨! 이런 일 첨이잖아, 나도. 근데 너는 왜 나만 나쁜 놈 만드냐?"

"만든 게 아니라 네가 나쁜 거야."

"그럼 너는 안 나빠?"

기가 찼다. 근데 또 맞는 말 같기도 했다. 맞지, 나쁜 년. 팔을 뿌리치고 도망가려는데, 내가 쳐 낸 손을 선우가 다시 잡았다. 이번엔 더 세게.

"그래도 서로 말은 해 보자고 이러는 거잖아. 이걸 어쩔지."

"이거?"

"아, 아니 그, 그거. 그거도 아닌가. 그러니까 내 말은……."

"기선우, 나 아기 안 낳을 거야. 우린 끝났어."

선우 앞에만 서면 말이 반대로 나왔다. 몸도 반대로 움직였다. 스쿠터에 시동을 거는 내 손을 잘라 버리고 싶었다. 내 팔을 잡고 있던 선우 손이 스르르 떨어져 나갔다. 선우가 입을 뻐끔댔다. 슬픈 고등어처럼 뻐끔뻐끔. 크게 말해, 바보야. 스쿠터 소리 때문에 뭐라는지 하나도 안 들린다고.

내 마음과는 반대로 스쿠터를 출발시켰다. 선우가 중얼거린 말이 무엇이었는지 돌아가서 묻고 싶었다. 정말 끝난 걸까. 확실한 건, 이제 우리는 예전의 우리가 아니라는 거다.

엄마에게 아프다고 하고 오늘 하루, 가게에 가지 않았다.

모든 걸 엄마 탓으로 돌리는 건 아니다. 그저 이런 상황에 화가 날 뿐이다. 우습지만 나는 나름의 방식으로 엄마를 애정한다. 사실 아기가 생겼지만 키울 마음이 없다고 터놓지 않은 건 엄마를 사랑해서다. 고민정 씨에게 아기를 보내기로 결심한 이유도 다 엄마를 위해서 그런 거다. 오늘 고민정 씨를 보러 간다고 말하지 않은 것도 역시 엄마를 걱정해서다. 가족이란 이름으로 서로가 서로를 괴롭히는 관계에 정말이지 진절머리가 나기 때문이다.

고민정 씨는 떠나기 전에 나를 꼭 보고 싶다고 연락해 왔다. 밖에서 만나자는 나에게, 누가 보면 곤란하니까 지은의 집으로 와 달라고 했다.

"연수야! 어서 들어와."

지은이 문을 열어 주었다.

나는 입이 떡 벌어졌다. 대리석 바닥이 깔려 있는 집은 넓고 으리으리했다. 우리 집에는 절대 지은을 초대할 수 없겠단 생각이 들었다. 맨발이 대리석 바닥에 자박자박 땀자국을 남겼다. 너무나 송구하고 미안해서, 집 찾느라 헤매지 않았는지 묻는 지은에게 급히 아니라고 해 버렸다.

지은이 사는 동네는 버스가 다니지 않아 이십 분 넘게 땀을 뻘뻘 흘리며 걸어서 왔다. 스쿠터로 올걸, 금방 후회가 밀려들었다. 고급 주택 단지 입구에서 호출 방법을 몰라 쩔쩔매는 나를 보고 경비 아저씨가 불친절하게 말했다.

"저기, 아줌마! 여기, 잡상인 금지야."

내 모습이 배 나온 아줌마로 보일 수 있다는 걸 새삼 깨달았다. 나를 둘러싼 것들은 언제나 나보다 빨랐다. 마침내 상황을 알아차렸을 땐 나만 덩그러니 남겨져 있었다. 엄마가 아픈 것도, 선우가 변한 것도, 아기를 가진 것까지도 너무 늦게 깨달았다.

그만하고 싶다. 이제 내가 앞설 차례다.

'아줌마'라는 단어 하나에 앞으로 닥칠 일이 엄습해 왔다. 곧 방학이 끝날 텐데, 7개월에 접어드는 배를 언제까지 숨길 수 있을까. 요사이 가뜩이나 작아진 복대 때문에 꽉 조여서 파묻힌 뱃살이 시뻘겋게 달아올라 연방 비명을 질러 댔다. 이리 더운 날씨에 코르셋을 입는다고 잔소리를 해 대는 엄마를 나는 얼마나 더 속일 수 있을까.

그런데 부엌에서 나오는 우아한 고민정 씨를 보는 순간, 그동안 고생한 것들이 다 날아가 버렸다. 이런 곳에 속한 사람들이 내 아기의 부모가 되고 친척이 된다니. 이게 그거구나, 안도감. 고민하던 일들은 잊히면서 심장이 상쾌하게 쿵쾅거렸다. 얼굴로 흐르던 땀이 땀구멍 속에 도로 들어갈 것만 같았다.

고민정 씨가 다가와 내 어깨를 살포시 잡았다.

"오랜만이에요. 오느라 고생했죠?"

"안녕하세요."

"연수 씨가 많이 힘들었나 보다."

"고모, 얘 땀 좀 봐. 야, 그니까 택시 타라고 했잖아."

지은이 나를 보며 투덜거렸다. 그 말에 나도 그러게, 라고 말할 뻔했다. 지은이 택시비를 준다고 했지만 공평하고 당당하고 싶어서 거절했다. 이 모든 거래는 그다지 큰일이 아니다. 나는 공여자고 고민정 씨는 수혜자일 뿐. 별일 아닌 척, 그러고 싶었다.

그런데 헛수고였다. 나는 그저 가난한 미혼모일 뿐이라는 현실이 매섭게 다가왔다. 엄마는 어떻게 나를 버리지 않을 수 있었을까. 나는 엄마처럼 살아갈 자신이 없다.

나를 더욱 비참하게 만든 건 고민정 씨의 얼굴이었다. 방긋 웃는 얼굴에서 엄마가 보였다. 완전히 정반대의 표정을 짓는 엄마가. 엄마가 저리 웃으며 나를 본 적이 있었나? 우리 엄마라면 배 속 아기의 존재를 알고도 저리 방긋 웃어 줄까?

지은이 나를 자기 방으로 안내했다. 왠지 기분이 좋아 보였다. 커다란 콧구멍이 벌름거리는 걸 보면 알 수 있었다.

"우리 집에 온 거, 네가 첨이야. 흐흐."

"그래, 고마워."

고민정 씨와 나만 남겨 두고 지은이 문을 닫았다. 밖으로 뛰쳐나가고 싶었다. 하지만 애써 그런 나를 눌러 의자에 앉혔다. 고민정 씨도 곧 내 앞에 앉았다. 딱 테이블 거리만큼 어색하고 민망한 고민정 씨와 나 사이의 공기를, 칼을 들고 마구 썰고 베고 자르고 싶었다. 온통 프릴 투성이인 공주 침대와 갖가지 인형들. 지은의 방은 어딘지 모르게 아기 냄새가 났다. 바비 나라에 온 생선구이 가게 미혼모라니. 웃음이 나왔다. 드디어 미쳐 가나 보다.

"6개월 됐죠?"

"네."

"그래요, 배가 더 불러 오겠네. 이거 영양제인데 잘 챙겨 먹어요."

고민정 씨가 희고 빳빳한 종이 가방을 건넸다. 겁먹은 자라처럼 얼굴이 어깨 아래로 쏙 들어가려 했다. 짐짓 허리를 꼿꼿이 세웠다.

"선수금 조로 조금 넣었어요. 먹고 싶은 거 사 먹고. 혹시 엄마 수술은 언제로 잡혔나?"

고민정 씨는 우리 모녀의 일을 속속들이 알고 있었다.

암 병동은 시간이 멈춘 곳이었다. 거기엔 환자와 약과 괴로움만 존재했다. 엄마가 항암 치료를 들어간 지 이틀 만에 나는 무너져 내렸다. 항암제 부작용으로 쉴 새 없이 속을 게워 내는 엄마의 노란 위액 앞에서는 의외로 아무렇지 않은 척할 수 있었다. 오히려 셰이빙 폼 냄새와 노린내에 입덧이 올라와 참을 수가 없었다.

대충 둘러대고 복도로 나오는데 나도 모르게 눈물이 비어져 나왔다. 속이 울렁거려 웩웩거리다 병원 복도 난간 손잡이를 붙들고 울었다. 패닉이 왔다. 없는 것과 있는 것, 그 밸런스가 너무 맞지 않았다. 있어야 할 어마어마한 치료비와 수술비는 나에게 없었고, 없어야 할 아기는 나에게 떡하니 생겼다.

"써요, 여기 화장실."

열린 문 사이로 나를 보고 있었던 걸까. '환자명 고민정'이라고 쓰인 병실에서 어떤 여자가 링거 거치대를 밀고 나와 내 옆에 섰다. 고민정 씨의 병실은 일인실이라서 바깥 눈치를 안 보고 실컷 울 수 있었다. 나는 한참 만에 세수를 하고 화장실 밖으로 나와 병상에 걸터앉아 있는 고민정 씨에게 감사 인사를 건넸다.

"감사합니다."

"초기네. 어머니도 아셔요?"

고개를 저어 보이고 병실을 나오려는데, 고민정 씨가 등 뒤에서 말했다.

"나는 이제 못 가져. 자궁을 들어냈거든."

씁쓸하게 웃으면서, 자궁암이라고 했다. 다행히 수술이 잘 되어서 오 년간 조심만 하면 완치라고 했지만 하나도 기쁜 것 같지 않았다. 십 년 넘게 아기를 가지려 애썼는데, 애만 쓰고 애는 없다고 또 웃었다. 아니, 그건 웃는 게 아니었는지도. 나중에는 고민정 씨를 문병 온 지은을 보고 놀랐고, 더 나중에는 아이를 낳아 줄 테니 돈을 달라고 말하는 나 자신에게 또 한 번 놀랐다.

"엄마 치료비가 필요해요."

나와 달리 고민정 씨에게는 연륜뿐 아니라 재력과 인맥이 있었다. 나는 그걸 믿었다.

"그래요, 하려면 할 수야 있겠지만."

처음에 고민정 씨는 내 제의를 거절했다.

고민정 씨가 퇴원하던 날, 엄마 병실로 찾아와 나를 불러내더니 꾸러미를 건넸다.

"이제 배가 나올 거야. 코르셋이에요. 안에 입어요. 그리고 그렇게 해요, 우리."

우리……. 나는 코르셋을 손에 쥐고 내 아기의 엄마가 될 고민정 씨를 물끄러미 바라보았다.

"그래도 어머니께는 말씀드려야 하지 않겠어요? 아무래도 그편이 마음 놓이는데."

"네? 아, 네."

"알아. 충격 받으실까 걱정인 거죠? 나중에라도 말씀드리기로 약속해 줘요, 꼭?"

"아, 네."

건네받은 종이 가방에 돈이 삼천만 원이나 들어 있다는 말을 듣고 정신이 멍해져서 대충 대답해 버렸다. 이걸로 수술을 할 수 있다. 떠날 수도 있다. 불현듯 머릿속에, 눈부신 햇살이 가득한 파란 수영장이 펼쳐졌다. 이제 뭐든 다시 시작할 수 있다. 정말이지 실감이 나지 않았다. 아기에게는 미안하지만 나도 살아야 한다.

고민정 씨는 갑자기 가게로 찾아간 건 미안했다고 말했다. 중간에라도 봐야 안심이 될 것 같아 그랬다는데, 거북했느냐는 고민정 씨의 물음에 나는 대답 대신 크게 도리질을 치며 속으로 중얼거렸다. 거북이고 자라고 가릴 게 있나, 지금 내 처지에. 머리카락이 좌우로 흔들리며 사물놀이 상모처럼 공중에서 원을 붕붕 그렸다. 나는 감사하다고, 곧 부모가 되는 걸 축하한다고 말했다. 그 말 때문인지 또 어색한 침묵이 흘렀다.

고민정 씨가 서류를 꺼내 책상에 펼쳐 놓았다. 나는 어리둥절해하며 차근히 읽어 내려갔다.

"혹시나 해서……, 서약서예요. 친권과 양육권 포기 각서. 다행히 연수 씨는 곧 성인이니, 나중에 복잡해지지 않게."

"아."

"형편 따라가는 거지, 뭐. 사실 능력도 없으면서 막 낳는 거, 정말 무책임한 것 같아. 연수 씨는 아직 어려서 모르겠지만 아기가 생긴다는 건 하나님의 축복이거든?"

귀를 의심했다. 형편이라고? 막 낳는다고? 반감이 쓰나미처럼 밀려왔다. 저기요, 제 나이에 아줌마도 애가 생겼다고 생각해 보세요. 안 생겨 봤으면서 축복이라니. 돈만 많으면 다인가. 기분 탓인지 고민정 씨가 가늘고 긴 손가락으로 머리카락을 쓸어 넘길 때, 언뜻 우쭐한 표정을 지은 것만 같았다.

"이 돈은 나중에 받을게요. 낳고 나서."

"아니, 아니야. 더 필요하면 전화 줘요. 병원이랑 의사는 내가 준비해 둘 거고, 전에 말했던 기형아 검사는 서둘러 줘요."

"그래도 지금 안 받을래요."

"……왜?"

기어이 종이 가방을 고민정 씨 쪽으로 밀었다. 또 똘기 발동이다. 누가 나 좀 말려 줘.

"이거 연수 씨 것 아냐. 내 아이 거지. 잘 먹여 달라고 주는 거야. 그러니 이거 받고 서명해 줘요. 기형아 검사도 바로 해 주고."

집으로 돌아가는 길, 고민정 씨가 태워 준 택시 안에 앉아 나는 수없이 입속으로 되뇌었다. 오늘 우리가 나눈 건 깨끗한 거래였다고. 더도 덜도 없다고. 그저 공여자와 수혜자일 뿐이야. 그렇게 생각하니 문제 될 게 없었다. 오히려 기분이 좋았다. 서로서로 돕고 사는 아름다운 우리 사회. 나눔과 기부에 내가 동참한 기분이랄까. 그런데 이상하게도 토하고 싶었다. 울컥하는 건 왠지 모르겠다. 내 배와 무릎에 놓인 종이 가방을 번갈아 내려다보았다. 숨이 막힌다. 숨을 쉬자. 후우,

후우.

부러 동네에서 멀리 떨어진 산부인과에 들러 피 검사를 했다. 따끔. 주사로 내 피를 뽑아내며 간호사는 모레 오후에 검사 결과를 알려 주겠다고 했다. 고민정 씨에게도 그대로 알렸다.

병원 접수처 옆에 예쁜 아기를 안고서 행복한 미소를 머금은 여자의 입간판이 놓여 있었다. 그 앞에 서 있자니 갑자기 범죄자가 된 듯한 기분이 들었다. 나는 정신없이 환자 정보란에 지은의 집 주소와 고민정 씨 휴대폰 번호를 쓴 후 종이 가방에서 돈을 꺼내 진료비를 계산했다.

병원에서 나와 근처 재래시장에 들렀다. 속옷 파는 가게가 어디 있나. 지금 걸친 것보다 조금 더 큰 코르셋이 필요했다. 배가 자꾸 커져서 걱정이다.

울퉁불퉁한 뱃살이여, 이제 안녕!

단번에 매끈하게! 편안한 착용감!

아름다움의 완성!

광고 문구를 읽으며 진열대에 놓인 속옷 상자를 하나씩 손바닥으로 쓸었다. 물결 스티치가 수놓인 아름다운 겉면에 속아선 안 된다. 그 안엔 절대 부러지지 않는 강력 와이어가 숨어 있을 테니까. 갈비뼈처럼 빗금 쳐진 빗장들이 숨어 있을게 뻔했다. 감옥의 창살처럼.

미혼모. 그들이 어떻게 되는지 잘 알고 있다. 아기를 포기하지 않으면 사람들이 만들어 놓은 좋고 나쁨의 기준으로 판단을 당한다. 이 불편한 상황이 코르셋보다 더 배를 옥죄어 온다. 그래서 더 크고 편안한 코르셋이 필요하다. 매장을 샅샅이 둘러보았지만 그런 건 없었다. 산모용 복대와 아기 속옷을 들었다 놨다 하면서 머뭇거리다 결국 밖으로 나와 버렸다.

재래시장은 더위 때문인지 인적이 드물었다. 이글이글 끓고 있는 태양 아래 혼자 걷고 있자니 마치 고등어가 된 것 같았다. 벌건 맥반석 화로 위에서 자글자글 타들어 가는 나와 내 아기.

그때, 아랫배에서 꿈틀댔다! 분명 움직였다. 아, 이게 뭐지? 아기가 내 안에 있다는 걸 머리로만 알았지, 완벽하게 실감한 건 처음이었다. 꼼지락꼼지락. 하나의 생명이 내 몸을 빌려 태어나려 하고 있었다. 온 우주가 배 속 아기를 중심으로 돌기 시작했다. 갑자기 현기증이 일면서 가슴이 먹먹해

왔다.

만약에, 진짜 만약에 아기를 주지 않으면 어떻게 될까. 바보 같지만 상상은 자유니까. 그럼 나는 돈도, 능력도, 미래도 없이 비참해질까. 더워 죽겠는데 해를 피해 숨을 곳이 없다. 피와 수분을 빨려 머리가 어지럽다. 한 번에 하나씩 생각을 정리해 보자. 방학이 지나면 나온 배를 숨길 수 없을 거야. 집을 나가야 하겠지. 그러자면 가방도 필요해.

나는 자그마한 가방 가게로 발길을 옮겼다. 가방 가게 주인아줌마가 몇 개월이냐고 물었다. 자, 물부터 마시고 여기 좀 앉아서 천천히 골라요. 뭐메? 아니, 왜 울어, 아기 엄마. 왜 울어요, 아기 엄마.

주인아줌마는 가방 값을 오천 원 깎아 주었다.

"얘가, 얘가, 숨도 안 쉬고 먹는 것 좀 봐. 천천히 좀 먹어!"

"뭐가? 아, 진짜 짜증나! 먹는데 왜 건드려!"

나는 엄마가 뺏어 간 숟가락을 다시 가져와 밥을 푹푹 떠서 입속 가득 넣었다. 엄마는 입을 떡 벌리더니 미친 듯이 밥을 입에 퍼 넣는 나를 빤히 쳐다보았다.

"계집애, 못돼 처먹었어! 자식새끼 다 필요 없다더니, 그 말

틀린 것 없네!"

"아, 그래! 필요 없는 자식새끼 왜 낳았어? 형편도 안 되면서 왜 낳았대?"

"그래! 내가 병신이다! 아무짝에도 쓸데없는 짓을 했다, 내가."

엄마가 매섭게 째려보았다. 그런 눈으로 보면 어쩔 건데? 엄마가 도와줄 것도 아니면서 왜 먹지도 못하게 하는데? 나는 엄마에게 화가 났다. 내가 어떤 일을 겪고 있는지도 모르면서 뭘 간섭이야, 간섭이. 화가 나는 만큼 밥은 쑥쑥 들어갔다.

어젯밤에 선우에게서 또 전화가 왔다. 수신 거부를 하고 안 받았지만, 이어서 온 문자는 엄마 몰래 슬쩍 읽었다.

> 연수야, 왜 나만 미안해야 하냐? 만나자.
> 만나서 이야기해. 안 그러면 가게로 찾아간다.

이 녀석은 처음부터 나한테 말을 놨다. 누나한테 버릇없이. 그런 당당함이 좋았나? 모르겠다. 우리가 사랑을 했나? 그것도 의문이다. 세상이 의문투성이다. 만나면? 만나서 뭘 어쩌자고? 무슨 이야기를 하자는 건지. 고3이 뭘 할 수 있나. 짜증이 확 올라왔다.

손님 없는 시간. 덜덜덜 돌아가는 선풍기 소리만 가게 안에 울렸다. 엄마는 한숨을 푹 쉬며 일어나더니, 물을 떠다 내 앞에 놓고 부엌으로 들어가 설거지를 시작했다.

아까 퍼부은 짜증이 미안해져서 숟가락질을 늦추었다. 식욕이 느는 건 내 탓이 아니잖아. 당분간 먹을 수 없을 테니 엄마 밥, 많이 먹어 두고 싶었어. 얄팍해진 엄마 어깨와 뒷목이 눈에 들어왔다. 두건 속에 숨어 있는 엄마의 민머리도.

……미안, 임신해서 미안. 그래도 베이비 박스 같은 데 버리지 않아서 다행이잖아. 미국이라고, 아메리카.

눈물이 삐질 나오려 했다. 그런데 눈물보다 콧물이 먼저 줄줄 흘렀다. 비참하다. 나는 왜 우는 것도 거지 같을까. 엄마 모르게 휴지로 얼른 코를 북북 닦았다.

곧 혼자다. 해내야 한다. 강해져야 한다. 아기를 낳아야 하니까. 나는 먹다 만 밥을 다시 떠먹기 시작했다.

오늘 아침, 해가 다 뜨도록 엄마는 숨이 죽은 배춧잎처럼 자리에서 일어나지 못했다. 숨소리도 없고 미동도 없이 누워 있었다. 아주 잠시였지만 가슴이 얼어붙었다. 엄마가 죽은 건가? 엄마, 엄마? 소맷자락을 잡아끌면서 죽지만은 않았기를 기도했다.

잠시 뒤 엄마는 내 손길을 뿌리치고 찬물을 찾았다. 쌀쌀맞은 행동이 어찌나 반갑던지, 찬을 차리고 부채질을 해 주고 나오면서 오늘 하루 가게엔 나오지 말라고 했다.

가게 문을 늦게 연 탓에 청소를 바삐 하고 있는데, 언제 들어왔는지 고민정 씨가 다급하게 나를 불렀다. 그러고는 가방에서 종이를 꺼내 보였다.

"연수 씨! 왜 전화가 안 돼? 이, 이거 좀 봐요."

"네? 이게 뭐……."

"병원에서 보냈는데, 기형아 검사 수치가 너무 높아!"

급히 종이를 펼쳤다. 82퍼센트. 손이 달달 떨렸다. 삐 하는 이명뿐, 고민정 씨가 하는 말은 하나도 들리지 않았다. 배 속 아기가 마구 발길질을 해 댔다. 나는 배를 움켜쥐었다. 머릿속이 하얘져서 아무런 생각도 나지 않았다.

"전화도 안 받고 톡에도 답을 안 해서, 답답한 마음에 이리로 달려왔어. 이럼 곤란하지. 애 상태가 이러면."

"……."

멍하니 허공에 머물러 있던 눈길을 고민정 씨에게로 돌렸다. 이건 상상도 못 했던 일이다. 어쩌지? 어쩜 좋지? 아기한테 장애가 있으면 이 사람이 안 데려가겠지? 그럼 나는? 아기는? 엄마는?

"미안하지만 없던 일로 해요."

"그, 그러니까, 그러니까요. 아기가 아프다는 말이에요? 저, 저기요."

곧장 돌아서 나가려는 고민정 씨를 다급히 붙잡았다.

"고모님! 아니, 서, 선생님. 엄마, 우리 엄마 수술비는요? 수술비는 있어야 돼요."

고민정 씨가 아주 불쌍하다는 눈길로 나를 쳐다보았다. 그런 건 상관 없었다. 나는 불쌍한 게 맞으니까.

"사정은 딱하지만 물건이 아니잖아, 아기가. 연수 씨는 좋은 엄마가 될 수 있을 거예요. 돈은 다음 주 출국일 전까지 돌려주었으면 해요."

"축복이라면서! 기형아면 아기가 아니야? 당신만 믿고 기다린 나는 어쩌라는 건데!"

나도 모르는 사이에 따지고 있었다. 서서히 일그러지는 고민정 씨의 얼굴을 보고서야 나는 현실로 돌아왔다. 팔을 놓

아주자 고민정 씨는 구겨진 실크 블라우스를 손으로 툭툭 털어 내었다. 그러고는 확률이 높다고 해서 꼭 기형아인 건 아니니 행운을 빈다는 말을 남기고 가 버렸다.

몇 시간 뒤, 가게로 지은이 전화를 해 왔다. 다짜고짜 걱정 말라는 지은에게, 나는 할 말을 잃었다. 그동안 지은을 나쁘게만 보았는데 내심 미안해졌다.

"내가 고모한테 잘 말해서 조금이라도 받아 내 볼게."

아, 쪽팔려. 어떻게 하면 돈을 안 돌려줄 수 있을지 고민에 고민을 거듭하던 중이었는데, 너까지 나를 참 비참하게 만드는구나. 주방으로 의자를 가져간 뒤 발로 딛고 올라섰다. 냉동고 위 안쪽 깊숙이에 종이 가방이 있었다. 엄마 몰래 숨겨두었던 종이 가방을 끌어 내렸다.

우리는 저녁에 수영장 근처에서 만나기로 했다. 전국 체전 예선이 코앞이라며 바빠지기 전에 보자고 했다. 하지만 나는 이미 알고 있었다. 고모 돈을 받으러 온다는 걸. 그리고 미안하겠지.

지은은 모진 구석이 없었다. 안타깝지만 이번에도 출전은 어려울 거다. 수영을 그리 잘하는 아이가 아니니까. 수영에는 오히려 내가 더 재능이 있었다. 나는 더 잘할 수 있는데 엄마가 반대해서 그만둔 케이스, 걔는 엄마가 엄청 미는데 잘 못하는 케이스. 사는 건 참 아이러니하다.

서구청 가는 버스에서 내려 수영장 앞에 도착했다. 마치 예전으로 돌아간 것 같은 착각에 잠시나마 안도감이 밀려왔다. 물속에서는 참 아무 걱정이 없었는데.

약속 시간에 맞춰 지은이 밖으로 나왔다. 머리에 물기가 맺힌 채였다. 지은이 가까이 다가오자 싱그러운 수영장 냄새가 났다. 내가 너라면 얼마나 좋을까.

"여기. 검사비랑 가방 하나 산 거 빼곤 그대로야."

지은에게 종이 가방을 내밀었다. 지은이 머뭇거렸다. 아예 가슴팍에 안겨 주었다. 다 가져가라고.

"이러자고 보잔 건 아니었는데, 연수야."

그 말에 마음이 흔들렸다. 그럼 조금만 주라. 삼백만 원 정도만. 울 엄마 치료비만이라도.

"……간다."

비가 후드득 떨어졌다. 밤사이 한바탕 쏟아지려나.

"야, 여기 아침에 산모 수영 교실 있대. 와. 너, 수영 좋아하잖아."

"됐어."

"어, 저기! 자, 우산."

지은은 우산을 건네곤 손으로 얼굴을 가리며 수영장 안으로 뛰어 들어갔다. 나는 얼른 발길을 돌렸다. 마음 같아선 나도 냅다 달려가 수영장에 풍덩 빠지고 싶었다. 따뜻한 양수 속을 유영하는 아기처럼, 헤엄치고 싶었다. 반짝이는 비늘을 가진 무지개 물고기처럼 자유롭게.

생각해 보니 손질하던 고등어를 냉장고에 넣지 않고 와 버렸다. 내일 장사를 준비하기 위해 다시 가게로 갔다. 그런데 잠깐만! 이상하다. 가게 문이 열려 있었다. 아까 분명히 잠그고 나갔는데? 불은 꺼진 채 문만 덩그러니 열려 있었다.

혹시 도둑? 우산을 양손으로 꽉 잡아 쥐고 조심히 안으로 들어가 보았다. 내가 잠그지 않았던가? 그 순간, 테이블 앞에 앉아 있는 사람의 뒤통수가 보였다. 헉! 소스라치게 놀라 뒷걸음질을 쳤다. 다시 보니 엄마였다.

"아, 진짜 놀랐잖아! 엄마, 여기서 뭐 해? 이 시간에 불도 안 켜고."

"불 켜지 마."

새된 목소리가 섬뜩했다. 눈이 어둠에 익숙해지자 핼쑥한 엄마 얼굴이 보였다. 왜 그러냐는 질문엔 아무런 대꾸도 없었다. 엄마 손에 내 휴대폰이 들려 있었다. 분명 집에 두고 왔는데 왜 엄마가 갖고 있는 거지?

감이 왔다. 오늘 내내 고민정 씨 문자며, 지은의 전화가 엄청 왔을 터였다. 얼른 휴대폰을 뺏고 싶었지만 이미 늦었다는 생각이 들었다. 무엇을 본 거냐고, 어디까지 본 거냐고 열 번도 더 물으려다 말았다. 입이 떨어지지 않았다.

나는 엄마 앞에 앉았다. 그때 갑자기 짝! 하는 소리와 함께 눈앞에 불이 번쩍 들어왔다. 뺨이 얼얼했다. 고개를 들고 쳐다보니, 엄마 얼굴이 내 뺨보다 더 벌겋게 달아올라 있었다.

"말해. 누구 애야?"

무슨 말부터 해야 하나. 내가 뭘 그렇게 잘못했나. 이제 나는 어쩌면 좋을까. 수만 가지 생각이 머릿속을 맴돌았다. 이제껏 조심조심 건너온 빙판이 바사삭 소리를 내며 갈라지고 있었다.

"네가 나한테 어떻게 이럴 수가 있어? 너, 진짜 엄마 죽는 꼴 볼래!"

"왜! 왜 내가 임신한 걸로 엄마가 죽는다고 그래?"

엄마 오른손이 다시 홱 올라갔다. 나는 본능적으로 배를 감쌌다. 그리고 작게 중얼거렸다.

"낳아서 키울 거야."

내가 지금 뭐라고 한 거지? 이게 내 진심인 건가. 그런데 이상하게도 말을 뱉고 나자 한순간에 간단하고 명료해졌다. 이제껏 고민하던 것들이 싹 사라져 버렸다. 그래, 그러면 돼, 그래야 했어. 하지만 엄마는 돌처럼 굳은 표정으로 나를 노려보았다.

"너도 버리려고 했잖아. 그럼 알 거 아냐? 낳아서 키우는 게 얼마나 어려운지. 가자, 병원에."

좋은 엄마가 될 자신은 없지만, 내가 사는 세상이라는 데가 참 한심한 곳이지만, 그래도 잘해 보고 싶었다. 내가 애썼던 건 엄마나 아기 때문이 아니었다. 결국 나, 오직 나의 행복만이 목표였다. 착한 척하더니 꼴좋다, 하연수. 나는 윗도리를 올리고 코르셋의 후크를 풀었다.

툭, 툭, 툭.

후크가 하나씩 벗겨질 때마다 턱까지 막혔던 숨이 쉬어졌다. 미안해, 아기야. 이제 숨 쉬어. 나는 코르셋을 벗어 팽개쳐 버렸다.

"6개월 됐어. 기형아일 수도 있대. 그래도 내가 키울래."

"뭐라고? 미쳤어? 어쩌려고, 이 등신아. 그 애 낳으면 네 인생은? 너, 인생 끝이야!"

"어, 내 인생이야. 내 인생인데 엄마는 한 번도 나 하고 싶은 대로 하게 놔둔 적 없잖아."

"뭐?"

어둠 속에서 엄마의 눈빛이 휘청거리는 것 같았다.

"……날 위해서였다고 하지 마."

불 꺼진 가게 안을 헤드라이트 불빛이 훑고 지나갔다. 추적추적 빗소리가 들렸다. 아랫배가 딱딱하게 굳어 몹시 당겼다. 엄마는 주먹을 꽉 쥔 채 연거푸 가슴께를 내리쳤다. 나는 부엌 개수대에 놓인 파란색 소쿠리를 바라보았다. 잘리고 버려진 생선 대가리들이 넘칠 듯 수북이 담겨 있는 소쿠리를.

사람의 기억은 보통 서너 살부터 시작된다고 한다. 새빨간 거짓말.

그날을 또렷이 기억한다. 오후였다. 나는 벌거벗은 채 마루에 누워 있었다. 내 시야에는 조악한 격자무늬 천장이 모든 것이었다. 어느 순간, 얇은 커튼 사이로 햇빛 한 줄기가 길게 내리비쳤다. 눈부신 빛살 속에 먼지가 두둥실 떠다녔다. 마치 하얀 새들이 햇빛을 머금어 반짝이는 것 같았다. 그것은 아름답고 따뜻한 빛의 향연이었다.

나는 고사리손을 뻗어 뭐라도 잡아 보려 버둥거렸다. 잡힐 듯 말 듯 잡히지 않아서 까르르 웃었던 것도 같다. 그때 어디선가 울음소리가 들렸다. 엄마였다. 조금 뒤, 커다란 무언가가 시야를 가리더니 나에게서 소중한 놀이를 빼앗아 갔다.

답답했다. 조그마한 내 얼굴을 커다란 베개가 덮쳤다. 베개를 누르는 힘이 점점 강해졌다. 이내 움직일 수 없을 정도로 강한 힘이 숨줄을 짓눌렀다. 숨을 쉴 수 없었다. 제발 살려 달라고, 살고 싶다고 나는 온몸으로 울부짖었다.

엄마의 울음소리가 아득히 멀어져 갔다.

정신을 차렸을 땐, 엄마가 나를 안은 채 울고 있었다. 미안해, 아가. 엄마가 미안해. 숨을 되찾은 나도 엄마와 함께 울었다.

엄마가 미웠다. 영원히 증오해 줄 생각이었다. 그 기억이 이토록 생생한데도 나는 같은 짓을 하고 있었다. 내 아기도 숨이 막혔겠지. 코르셋에 짓눌려서. 내 배 속 생명도 숨을 쉬고 싶었겠지. 내가 그랬던 것처럼.

엄마가 아기를 반대하는 이상, 그리고 내가 그런 엄마를 원망하는 이상, 우리는 함께일 수 없다. 이제부터는 혼자 할 수밖에 없다. 그냥 해 보는 거다. 될지 안 될지는 해 보지 않으면 아무도 모른다.

그때까지 미혼모 보호 시설에 가 있을 생각이다. 기저귀 같은 기본적인 육아 용품은 받을 수 있다고 한다. 보호 시설에서 소개해 주는 일터에서 아기를 낳기 전까지 아르바이트를 하면 되지 않을까. 아기를 낳고 난 뒤엔 들쳐 업고서라도 할 수 있는 일을 뭐든 찾아볼 거다. 돈을 벌어서 엄마 치료비에도 보태고, 언젠가는 내 식당을 차려야지. 그래, 지은의 권유대로 산모 수영도 다닐 테다.

더 잘해 보겠다고 애썼지만……. 결국 나는 엄마를 고대로 닮아 있었다. 아무리 서로 티격태격해도 엄마와 나는 한 덩어리였다는 사실을 바꿀 수는 없다. 다만 내 아기도 훗날에 나를 미워하면 어쩌나, 하는 걱정이 앞선다. 내가 엄마에게 실망하고 엄마를 원망했듯이.

며칠 뒤, 터벅터벅 걷다가 선우가 일하는 세차장에서 발길을 멈추었다.

멀찌감치 떨어져서 선우를 바라보았다. 선우는 거품을 뿜어내는 긴 세차 도구를 들고 자동차 지붕을 벅벅 닦고 있었다. 불쌍한 자식. 어쩌다 너도 참.

한참 후, 세차를 끝낸 선우는 벌겋게 달아오른 자신의 얼굴과 머리, 목을 수건으로 벅벅 닦아 냈다. 그러다 나를 발견하곤 헐레벌떡 뛰어왔다. 웃기는, 뭐가 좋다고 웃냐. 싱거운 녀석.

"왔어?"

"어."

"밥 먹었어?"

"……."

"뭐라도 먹자. 조금만 기다려."

우리는 저녁놀이 붉게 물든 공원 벤치에 나란히 앉았다. 동네가 수영장 옆이라 간간이 소독약 냄새가 바람에 실려 왔다. 선우가 급히 사 온 삼각 김밥과 오렌지 주스를 내 양손에 쥐여 주었다.

"미안, 바로 들어가 봐야 해서. 다음엔 진짜 맛있는 거 사 줄게."

"……."

"줘 봐. 내가 해 줄게."

선우가 자기 건 바닥에 내려놓고 내 삼각 김밥을 가져가 비닐을 벗겼다.

"잘 모르고 자신도 없지만……, 누구나 처음은 있는 거니까. 흐흐."

선우는 너풀대는 김을 밥에 꼭꼭 예쁘게 눌러서 내 손에 다시 쥐여 주었다. 그런데 웃긴 건 녀석이 건넨 삼각 김밥이 너무 슬퍼 보였다는 거다. 눈앞이 희뿌옇게 흐려지더니, 이내 눈물이 삼각 김밥 위로 후드득 떨어졌다.

"엉엉. 나, 왜 이렇게 됐지? 어? 엉엉……."

나는 눈을 꼭 감고 어둠 속에 나를 가두었다. 내 어깨를 다독거리는 녀석의 손길이 좋았다. 같이 있겠다는 말에 눈물을 조금씩 삼켰다.

엄마는 며칠째 조용했다. 여느 때처럼 나무라지도 않았고, 큰소리를 내지도 않았다. 그게 더 무서웠다. 가방을 싸서 베란다 한쪽에 두었다. 오늘 밤, 엄마가 잠들고 나면 이 집을 나갈 거다.

요 며칠, 나는 가게에 나가지 않고 집 안 구석구석을 청소

했다. 내가 없어도 엄마가 편히 지낼 수 있게 약 봉투를 정리하고, 리모컨 작동법을 종이에 써서 텔레비전 뒤에 붙여 두었다. 다시 돌아올 수 있을까. 이 모든 게 끝나는 날이 과연 오기나 할까.

가게를 닫고 집에 오면 10시가 훌쩍 넘었다. 그때가 우리의 저녁 식사 시간이었다. 아까부터 엄마는 하루 종일 흘린 땀을 씻지도 않고 뭔가를 만들고 있었다. 나는 몸을 씻고 나서 펑퍼짐한 티셔츠로 갈아입은 다음 부엌으로 나갔다.

그러다 밥상을 보고 깜짝 놀랐다. 평소엔 팔다 남은 밑반찬과 고등어구이가 전부인데, 웬일로 홍합 넣은 미역국에 불고기까지 있었다. 집 안 가득 좋은 냄새가 폴폴 풍겼다.

"뭐 하고 섰어? 얼른 안 앉고."

"어? 어……."

우리는 한동안 말없이 밥을 떠먹었다. 더위도, 흐르는 땀도 잊은 채 그저 먹기만 했다. 그러다 엄마가 대뜸 입을 열었다.

"먹을 만해?"

"……응."

"봐, 세상엔 필요 없는 게 하나도 없어. 고등어는 대가리 볼따구니가 제일 맛난데, 사람들이 그걸 몰라. 자, 먹어 봐."

"……."

"다 지나가게 돼 있어."

"응. 엄마 아픈데 나까지 이래서 미안해."

"뭐래니? 땀이나 닦아."

나는 엄마가 내 얼굴을 닦아 주는 걸 굳이 피하지 않았다.

"윽, 냄새. 수건 좀 바꿔."

"성질머리하고는. 언제까지 그럴래? 아기 낳고 나서 어른 될래?"

"싫어. 나, 어른 안 될 거야."

"어머나? 와아, 저 달 좀 봐. 연수야, 꼭 네 배 같다."

무심코 창문 밖을 내다보니 정말로 거짓말처럼 달이 떠 있었다. 여기는 달도 별도 보이지 않는 반지하인데…….

우리가 보는 건 앞 건물 유리창에 반사된 뽀얀 달이었다. 달이 은은하게 빛나고 있었다. 나도 엄마도 말없이 달을 바라보았다. 이만하면 부족할 게 없는 밤이었다.

# 선 위의 아이들

콩콩콩, 콩콩콩.

"정운이 왔어. 형아, 자?"

녀석이 또 창문을 두드린다. 귀찮은 녀석. 엄마, 아빠조차 내 방엔 얼씬을 못 하는데. 눈치 없는 녀석. 내가 괴물인지도 모르고 막 들이대는 바보, 천치.

녀석은 언제나 어스름이 내린 밤에 찾아온다. 혼자 있다 심심해지면 문을 열고 철제 계단을 내려와 내 방 창문을 두드린다. 나는 정운의 얼굴을 본 적이 없다.

정운도 나를 본 적이 없다. 그러니까 우리는 만난 적이 없다. 나는 걔랑 상관없다. 우리는 서로 남이다. 계속 상관없는 남이면 좋겠다. 그게 편하다. 아무리 내 방 창문이 저 아이가 올 수 있는 세상의 끝이라 해도. 아니, 시작이라고 해도.

엄마, 아빠가 나에게 지겹도록 책임을 강조하듯이, 이 세상에 신이 있다면 그 신이 아이에 대해 책임을 져야 한다고 생각한다. 신! 당신이 소시오패스가 아니라면, 그래서 우리를 조금이라도 신경 쓴다면, 나한테서 저 아이를 좀 떼어 주었으면 좋겠다.

간절히 빈다. 아이의 밤을 나에게만 미루지 말고 당신이 직접 나서서 돕기를……. 하여간 당신이 만들었으니까 살리든 죽이든 책임을 져야 한다고 본다. 뭔가 할 생각이 전혀 없나? 정녕? 나한테 맡기고 자기는 뿅, 하고 빠지다니. 이런 상황에 대단히 화가 난다. 신도 아이를 돕지 않는데 내가 무엇을 할 수 있겠느냐, 이 말이다.

위층에 사는 정운의 외출은 내 방 창문 앞까지만 허락되었다. 정운의 발목은 줄에 묶여 있고, 발목을 묶은 줄은 내 방 창문 앞에서 팽팽해져 더 이상 늘어날 여유가 없기 때문에 나를 귀찮게 할 때마다 아이와, 저 아이의 발목에 줄을 묶은 아이의 부모와, 그 부모에게 줄을 판 마트 사장과, 마트 사장에게 줄을 납품한 제조업체 사장과, 제조업체 사장에게 줄을 주문한 소비자들과, 줄이 필요한 소비자들을 만든 신……. 결국 신, 당신에게 내 짜증이 향할 수밖에 없다.

다 당신 때문이다. 영수가 지금껏 의식을 찾지 못하는 것도, 내가 그 비난을 다 받고 방에서 한 발짝도 나가지 못하는 것도, 그리고 방 안에 숨어 있으면서도 여전히 고통을 받는 것도. 이 나쁜 신아, 다 당신 때문이었어. 그러니 나는 잘못이 없다.

정운은 전에 살던 곳에서도 묶여 있었다고 했다. 나는 관심이 없었고, 알고 싶지도 않았고, 알 방법도 없었지만 정운은 조잘조잘 말이 많았다. 재잘재잘 참 시끄러웠다.

“울 엄마가 그랬어. 정운이를 젤 사랑한다고.”

“아빠가 요기 창 밑에 선을 그어 두었어. 밖은 위험하니까 요 선까지만 와야 한대.”

“나는 여섯 살. 형아는? 나랑 놀자. 나와 봐.”

“형아는 거기서 왜 안 나와? 형아도 나오지 말래? 형아도 발 묶여 있어?”

정운은 시끄러웠고, 늘 혼자였다. 부모님이 일하러 나가는 저녁부터 아침까지 묶여 있었다, 꼭 개처럼.

한 번씩 그런 생각이 들었다. 쟤가 나처럼 되지 않으려면 저것도 나쁘지 않은 게 아닐까, 하는. 아이는 오늘도 내게 말을 걸었다. 삐딱한 나에게는 속이 니글거리는 말을.

“별님들이 빛을 쏟아 주고 있어. 형아, 우리 잡으러 가자.”

우리 집은 오래된 이층 주택이다. 위층은 주로 세를 놓곤 한다. 문제는 내 방이 위층으로 올라가는 철제 계단, 바로 옆이라는 거다. 그래서 누가, 언제, 어떤 상태로 들고나는지 알고 싶지 않은데도 알 수밖에 없다. 밖에서 들려오는 말소리와 창문에 비친 그림자만으로도 머릿속에 충분히 그림이 그려진다.

언제부터였을까. 비어 있던 윗집에 사람들이 들락거렸다. 조그만 꼬마 녀석이 계단을 내려왔다 올라갔다 하면서 어찌나 발소리를 요란하게 내는지, 도무지 시끄러워서 잠을 잘 수가 없었다.

녀석은 조금씩 옆으로 세력을 넓혀 내 방 창문까지 왔다. 시간이 흐르자 장난감 자동차 따위를 가져와 창문 앞에 쪼르르 늘어놓고 놀기 시작했다.

창문은 세월과 함께 뒤틀리고 벌어져 아무리 꼭 닫아도 틈이 생겼다. 녀석은 벌어진 창문 틈새에 조그만 입술을 갖다 대고 노래를 불렀다. 시끄러워서 화가 났지만, 나는 짐짓 없는 척하며 소음을 꿋꿋이 감내했다.

뭐든 참아 내는 것이 내가 할 수 있는 유일한 일이기도 했다. 누군가에게 메시지를 전달하기 위해 입에서 말을 뱉은

지가 어언 천 년도 더 된 것만 같아서 불편함을 꾹 눌러 참았다. 그런데 또 노래는 더럽게 못 불렀다.

'사라져라. 꺼져라. 제발 날 좀 내버려 둬.'

참는 자에게 복이 온다는 건 순 뻥이다. 소음을 참고 참았는데, 노력한 보람도 없이 위기가 찾아왔다.

11월의 끝자락이던 어느 날, 녀석이 겁도 없이 내 방 창문을 열어 보려고 바동거렸다. 창문이 단단히 잠겨 있던 까닭에 유리와 나무가 찌걱거리며 들썩였을 뿐이지만, 나는 엄청난 공포를 느꼈다.

'안 돼!'

쾅!

다급한 마음에 손바닥으로 유리창이 부서져라 힘껏 내리쳤다. 내 입에서 거친 욕설과 함께 쇳소리가 터져 나왔다.

"아이, 씨! 저리 꺼져, 새꺄! 저리 가 버려!"

철제 계단이 탕탕탕 울렸다. 황급히 달아나는 발소리가 위층으로 향하다 이내 사라졌다. 놀라서 도망친 거겠지. 제대로 겁을 준 모양이네. 다시 평화가 찾아왔다.

나는 놀란 가슴을 쓸어내렸다. 그런데 이 시뜻한 기분은 뭘까. 가슴께가 뜨끈하더니 신물이 올라와 입안에 맴돌았다.

먼지로 뿌옇던 유리창에 내 손바닥 자국이 찍혔다.

그걸 보고 있자니 어느새 6개월 전 그때로 기억이 거슬러 올라갔다. 가지 않으려 노력하면 할수록 나는 언제나 같은 장소, 같은 시간으로 돌아가 있곤 했다. 아이들이 영수를 괴롭혔던 늦은 오후의 어두운 뒷골목으로.

유리창에 찍힌 내 손바닥 자국과 최기호의 손바닥이 겹쳐졌다. 미세한 기억의 픽셀들이 점점으로 날아들어 최기호를, 그리고 그 앞에 무릎 꿇린 채로 맞고 있는 영수를, 뒤에서 어쩔 줄 몰라 하는 나를 차례로 완성시켰다.

오랜 매질로 벌겋게 달아오른 기호의 손바닥만 봐도 소름이 돋았다. 기호가 손바닥을 펼쳐 다음 타자로 나를 지명했다. 최기호가 감독이요, 코치인 경기에서는 누구도 그를 거역할 수 없었다.

"서인우, 너도 곰탱이 한 방 먹여. 자식아, 쫄았냐?"

기호에게 맞고 있는 영수는 내 오랜 친구였다. 영수는 기호에게 곰탱이로 통했고, 고등학교에 입학하면서부터 괴롭힘을 당했다. 처음에는 영수를 구하려고 머리를 굴려 보았지만 머리 나쁜 나에게는 무리였다.

그러다 6월로 접어들었고, 기호의 손바닥이 영수의 머리를 향해 매일 자석처럼 날아가 부딪치는 일상에 나도 어느 정도 무뎌졌다. 영수가 걱정되는 게 아니라 우리 사이를 기호가 알아차릴까 봐 두려웠다. 영수가 나에게 도움을 청할까 봐 무서웠다. 그래서 조용히, 가만히 있었다.

무엇보다 겁이 났던 건, 기호가 택시 회사 사장인 자기 아빠에게 말해서 운전기사로 일하는 우리 아빠를 자를 수도 있다는 거였다. 그래서 그날, 전화를 걸어 온 영수에게 차갑게 대했다.

"너는 아무것도 모르는구나. 그게 그렇게 간단한 문제가 아니거든. 모든 게 연결되어 있어. 그러니까 이런 전화 다시는 안 했으면 좋겠다."

다음 날 영수가 유서를 써 놓고 아파트 옥상에서 뛰어내릴 거라곤 꿈에도 몰랐다. 내가 전날 전화로 한 말 때문인 것 같아서 미쳐 버릴 것만 같았다.

내 말이 맞았다. 그래, 사슬. 모든 게 보이지 않는 사슬로 연결된 게 맞았다. 영수와 세상을 잇고 있던 사슬이 끊어지고, 동강 난 고리가 세차게 흔들렸다.

그 파동이 영수를 괴롭혔던 우리에게 전해진 건 어찌 보면 당연한 일이었다. 학교에 형사가 찾아오고 뉴스에 우리

이야기가 나오면서 그야말로 아수라장이 되었다.

그 후 내가 기호를 다시 본 건 경찰서에서였다. 그의 날카로운 시선이 나를 향하고 있다는 것만으로도 온몸이 덜덜 떨렸다. 기호가 조사실에서 나오고 내 차례가 되었을 때, 옆을 지나던 기호가 내 손목을 잡더니 작게 힘주어 말했다.

"알지? 나는 안 한 거다."

나는 영수를 괴롭히지 않았다고 진술했다. 어디에도 학교 폭력은 없었다고.

최종적으로 내 진술이 기호를 도왔고, 기호는 도망치듯 전학을 갔다. 아빠는 일을 계속할 수 있었지만 모두가 쑥덕거렸다. 주로 가해 의심 학생인 나 서인우와 피해 의심 학생인 오영수에 대해서.

부모님도 나를 욕했다. 택시 회사고 지랄이고 나더러 다 변명이라고 했다. 진실을 이야기해야 해. 책임을 져야 해. 우리가 자식을 잘못 키웠어. 우리도 책임이 있어.

"서인우, 저 자식이 제일 나쁘네. 자긴 괴롭힌 적 없다고 딱 잡아뗐다며?"

수천수만 개의 비난이 나에게 쏟아졌다. 나는 점점 작아져 갔다. 영수 부모님이 찾아와 어금니를 악물고 나를 노려보았다. 네 거짓말, 다 알아. 왜 그랬어? 영수 친구였잖니. 어떻게 네가 그럴 수 있어!

기자들이 집으로 찾아와 외출하는 나를 붙잡고 물었다. 오영수 학생이 의식을 회복하지 못하고 있는데, 지금 어떤 심정입니까? 기분이 어때요?

그렇게 안타까우면 왜 아무도 영수를 돕지 않았지? 이제 와서 왜 나한테만 이러는 건데? 화가 불쑥 치밀었다.

정운은 지금쯤 바들바들 떨고 있겠지. 알고 보니 자기네 집 아래층에 괴물 같은 놈이 살고 있다며……, 아마도 온몸을 오들오들 떨고 있겠지.

근데 뭐, 어쩌라고. 나는 원래 이런 놈인데. 저 아이까지 배려해 줄 여유? 미안하지만 나에게는 없다. 아예 생각을 하지 말자.

생각은 행동을 부르고, 행동은 사슬을 움직인다. 사슬의 쇠붙이들이 거미줄처럼 엮이고 진동은 울려 내 목을 조일 것이다. 나를 괴롭힐 수 있는 어떤 경우의 수도 만들고 싶지 않다. 나는 사람들이 무섭고 사람들은 내가 무섭지. 그 녀석은 나와 상관없는 게 속 편하다. 우리는 남이니까.

한동안 조용하더니 누군가 창문을 두드렸다. 침대에 누워 있던 나는 화들짝 놀라 굳었다. 유리창에 비친 작은 그림자, 녀석이었다. 겁도 없이 또 왔다. 황당하게도 녀석이 내게 말까지 걸었다.

"형아지? 누나 아니고. 거기 있지? 나는 정운이야. 위층에 살아."

대답이 없자 모시조개처럼 작은 손이 창문을 열어 보려고 안간힘을 썼다. 희끄무레한 반투명 유리 너머로 다 보였다. 깔짝깔짝 자꾸만 귀찮게 하는 녀석에게 또다시 화를 냈다.

"쪼끄만 게 진짜. 저리 안 가! 여긴 아무도 못 들어와."

"그래? 그럼 형아가 나와 봐."

"나는 여기서 안 나가! 못 나가."

"왜?"

녀석은 자꾸 창문 좀 열어 보라고, 밖으로 나와 보라고 떼를 썼다.

"나가면 아파."

"어디 가?"

"그런 게 있어!"

성가신 녀석. 나는 거칠게 이어폰을 가져와 귀에 꽂고 볼

륨을 올려 버렸다.

윗집을 오가는 사람들이 녹슨 철제 계단을 밟고 지나갈 때면, 그 진동으로 내 방에 있는 물건과 형광등이 미세하게 흔들렸다. 진동이 바닥을 타고 내가 앉아 있는 의자로 전해진 뒤 등을 타고 올라와 목뒤에서 머리끝까지 울리며 소름을 돋게 했다.

나는 그게 싫었다. 방 옆을 지나면서 잠깐이라도 여기엔 누가 살지 떠올리는 사람들이 싫었다. 아이도, 그 부모도 제발 사라져 주기를 간절히 기도했다. 제발 좀 사라져 버려라. 저 빌어먹을 철제 계단을 부숴 버리고만 싶었다.

그 뒤로도 정운은 내가 화를 내든 소리를 지르든 아랑곳하지 않고 찾아왔다. 나중에는 작전을 바꿔서 말을 걸어 오는 정운을 아예 무시했다.

나를 건드리면 안 된다는 사실을 이 아이만 모른다. 아무리 말해도 이해를 못 한다. 텔레비전을 켜면 영수와 관련된 뉴스가 나왔다. 어설프게 모자이크 처리된 가해 학생들이 나오는 바람에, 우리 식구 모두 한동안 집 밖으로 나가지 못했다. 외출을 자제하고 뉴스를 보지 않자, 잔잔한 호수처럼 고요한 일상이 다시 찾아왔다. 그렇지만 그건 이상한 고요함이었다.

부모님은 분명 나에게 화가 나 있었다. 내가 작은 소리만 내도 일순간 무르춤해진 얼굴로 나를 바라보다가 이내 깊은 한숨을 토하며 자신들을 탓했다.

나는 차라리 방문을 닫고 밖으로 나가지 말자고 다짐했다. 이런 상황에 점점 화가 났다. 그런데 화를 쏟아 낼 대상을 찾을 수가 없었다. 나는 미안해해야 하는 입장이어서, 무턱대고 화를 내면 안 되는 존재니까.

장전된 분노의 총알을 어디로든 쏘아야 하는데, 정작 그 대상을 찾지 못했다. 그러다 내 눈, 아니 내 귀에 들어온 표적이 바로 윗집이었다. 나는 타깃을 윗집 아이의 부모로 정했다. 정조준을 하고 탕, 탕, 탕! 자기 자식을 묶어 두는 나쁜 인간들, 내 총알을 받아라.

밤낮없이 들락날락하는 데다, 신경에 거슬리는 소리와 귀찮게 찾아오는 정운까지. 내가 괴로운 건 다 저 아이의 엄마와 아빠 탓이다. 자기 애 하나 제대로 돌보지 못하는 위인들 아닌가.

개, 돼지도 아니고 아이를 묶어 두다니. 나쁜 어른들, 나쁜 사람들, 나쁜 인간들. 생각해 보면 찍소리도 허용되지 않는 나에게, 미워할 수 있는 대상이 생긴 건 정말이지 신나는 일이었다. 내가 나쁜 사람이 아닌 좋은 사람 편에 속하는 것처럼 느껴지게 하니까 말이다. 방구석에 들어앉은 나도 숨은 좀 쉬어야지.

또각또각, 구두 소리가 자그마한 걸로 보아 정운 엄마인 듯했다. 뚜벅뚜벅, 둔탁한 발걸음 소리는 정운 아빠가 틀림없었다. 정운 엄마와 정운 아빠는 수시로 철제 계단으로 나와 누군가의 전화를 급하게 받거나, 누군가에게 간절히 애원을 하곤 했다.

"정말 죄송합니다. 조금만 시간을 주시면, 조금만요. 시간을 주시면 돈을 꼭……."

아무리 작게 속삭여도 금방이라도 울 것 같은 목소리가 내 귀로 날아와 꽂혔다. 갚아야 할 돈이 많은 듯했다. 그래서 그런지 두 사람의 상황은 늘 무겁고 힘없는 진동으로 나에게 전달되었다.

그러든가 말든가. 손톱만큼도, 발톱만큼도 상관하지 않을 거다. 어떻게 얻은 고요인데. 나를 감싸고 있는 안락한 기분을 망치면서까지 상관하고 싶지 않았다.

하지만 분명한 건, 정운을 알고 나서부터 화가 났다가 식었다가, 자꾸자꾸 되풀이되면서 겨우 잠재워 둔 내 감각이 되살아나고 있다는 것이다.

정운의 부모에게서 시작된 화가 도화선을 타고 번져, 나를 비난하던 아이들과 선생님, 기호, 그리고 나를 벌하듯 병원에 누워 있는 영수에게까지 옮겨 가고 있었다.

그러나 결국 비난의 종착점은 졸보 주제에 비겁하기까지 한 나 자신이었다. 쪽팔리고 화가 나서 미칠 것 같았다. 말하자면 나는 언제 터질지 모르는 시한폭탄이나 다름없었다. 어느 순간 터지면 어마어마하게 큰 핵구름이 우리 집 위로 피어오를 테지. 적어도 사상자가 몇백 명은 될 거다.

그래서 방에서 나가지 않기로 했다. 모두를 위해서.

날짜를 세어 보진 않았지만 이런 생활이 반년을 훌쩍 넘어가고 있었다. 이대로가 편하다. 죽어도 여기를 나가지 않을 테다. 내가 이 방을 나가면 큰일 날걸? 폭탄이 터진다면 누군가 다칠 것 같아서, 모두에게 해 줄 수 있는 마지막 배려로 나는 방문을 굳게 닫아걸었다. 자애심과 인내심을 최대한 끌어내어서 말이다.

하지만 동시에, 내가 이러는 가장 큰 이유는 나 자신을 위해서다. 폭탄이 터지면 폭탄부터 없어지듯, 솔직히 터질까 봐

제일 무서운 건 나 자신이다. 누군가 나를 잘못 건드려 터뜨릴까 봐 두렵다.

"인우야, 제발 이제 나와. 응?"

엄마가 아무리 울며불며 애원해도 들리지 않았다. 하루는 꿈쩍하지 않는 나에게 몹시 화가 난 아빠가 문을 부수고 들어와 내 휴대폰과 게임기를 부숴 버렸다. 그러면 말을 들을 줄 알았겠지만, 아쉽게도 이미 무감각해진 나는 아무것도 느끼지 못하는 상태였다. 그러니 어차피 뭐, 다 부숴도 상관없었다.

"당신이 오냐오냐하니까 버릇이 없어진 거 아냐! 에이, 남부끄러워 어디 살겠어?"

그럴 줄 알았다. 그래요, 그래. 아빠는 내 걱정을 하는 게 아니라 단지 내가 부끄러운 거죠. 근데요, 실은 나도 내가 부끄럽답니다. 그래서 문을 닫고, 아빠도 닫고, 엄마도 닫고……. 세상이 나를 떼어 놓은 것처럼 이번엔 내가 그렇게 할 겁니다. 눈을 뜨면 매일 창문과 방문에 보이지 않는 선을 긋습니다. 저 선 너머엔 나가지 않을 거예요. 그래야 숨을 쉴 수 있으니까요. 나는 밖으로 나가면 죽습니다.

언제부턴가 나는 엄마가 방문 앞에 갖다 놓은 작은 사탕이

나 납작한 쿠키를 창문 틈에 두었다. 어차피 나는 먹지 않을 거니까 버리는 셈치고서. 그러면 꼭 모이를 쫓아 날아든 참새처럼 정운이 조잘거리며 그것을 먹으러 왔다.

밖으로 나가기 싫어 안으로만 향하는 나와, 바깥으로 나갈 수 없어 답답해하는 아이. 부모의 관심이 싫은 나와, 부모의 관심이 고픈 아이. 어쩜 이렇게 우리는 닮은 데가 한 군데도 없을까.

"형아, 나 발목 아파. 피 난다, 힝."

피? 줄에 묶인 발목에서 피가 난다고 했다. 대뜸 어쩌다가 다쳤느냐고 물으려다 입을 다물었다. 그건 내 캐릭터에 어울리지 않아서. 뭔가 가슴속에 작은 송사리 같은 게 꼬물거리기 시작했다. 조금씩 몸집을 키우며 점점 넓게 헤엄치는 송사리.

그날부터였다. 어쩌다 보니 내가 그 아이를 걱정하고 있었다. 나는 창틈에 연고와 반창고를 얹어 놓고서 손끝에 힘을 실어 밖으로 밀어냈다.

"그거 발라. 그리고 자꾸 여기 오지 마."

"우아, 고마워. 집은 깜깜하고 무서워서……. 고마워, 형아."

윗집은 불이 들어오지 않는다네, 글쎄. 우연히 문밖에서 엄마와 아빠가 대화를 나누는 소리를 들었다. 집세도 한참을 밀린 데다 전기세도 몇 달이나 안 냈는지 모른다고 했다.

아무래도 방을 비워 달라고 해야겠다면서도 누가 그 말을 전할지는 제대로 정하지 못했다. 전기도 안 들어오는 집에서 아이는 밤마다 어떻게 지내고 있을까.

나는 대개 낮에는 자고 밤에 일어나 움직였다. 주로 게임을 했다. 아니, 게임만 했다. 컴퓨터를 켜면 다른 세계가 펼쳐졌고, 나는 세상일 따위 까맣게 잊어버렸다. 마음을 좋게 써서 창문을 컴퓨터 화면에 뜨는 대화창이라고 여기기로 했다. 정운은 벽을 사이에 두고 내 옆에 꼭 붙어 있는 셈이니까.

만약 이것이 영화여서 우리가 세트장에 있는 배우라면, 깜깜한 어둠 속에서 배우를 찍는 누군가는 벽을 사이에 두고 맞닿아 있는 우리를 카메라에 담아야겠지? 그런 생각을 하면 우스웠다. 절대로 흥행 안 될 게 뻔했다. 더럽게 재미없는 영화다.

창문을 통해 나누는 몇 마디의 대화가 아이를 안심시킨다는 걸 알고 있었다. 아주 조금 봐주는 것도 나쁘지 않을 것 같아서, 오늘은 창틈에 초콜릿과 가위를 끼워 두었다. 미련 맞게 가만있지 말고 줄을 자르라는 뜻이었다.

정운은 내가 준 초콜릿을 핥아 가며 신나게 노래를 불렀다.

"곰 세 마리가 한집에 있어. 아빠 곰, 엄마 곰, 애기 곰. 헤헤. 아빠 곰은 뚱뚱해."

정운이 부르는 노래가 웬일인지 시끄럽게 느껴지지 않았다. 나도 모르게 박자에 맞춰 다리를 까딱거렸다. 방에 틀어박힌 지 반년 만에 삐죽 웃음이 났다.

엄마와 아빠는 내가 이런 상태인 걸 남에게 보이고 싶어 하지 않았다. 어떻게든 숨기고 싶어 했다. 아무래도 상관없었다. 어차피 숨은 나를 또 숨긴다고 달라질 건 없으니까. 그럴 바엔 차라리 더 완벽하게 숨고 싶었다. 숨 쉬는 것조차 들키지 않게.

이 방은 온전히 나만의 세계. 그 어떤 것도 나를 해칠 수 없는 시간과 공간. 할 수만 있다면, 이 방과 함께 서서히 쪼그라들다가 개미처럼 작아져서 아예 없어져도 좋겠다. 내가 그들과 함께 있었다는 기억을 잊어 주기를. 또 여기에 살아 있다는 사실도 영원히 몰라주기를. 그리고 영수가 어서 깨어나기를.

헉, 그럼 안 되지! 영수가 깨어나면 나는 어떻게 되는 거야? 거짓말이 들통 나겠지. 그러니까 영수가 깨어나지 않기를 바라는 또 다른 내가 내 안에 있었다. 미친놈.

그래, 하지만 이게 나다. 영수가 깨어나면 안 된다. 그렇다고 죽어도 안 된다. 의식 없이 살아만 있는 지금이 그나마 나에게는 제일 안전했다. 영수가 깨어나거나 죽으면 끝장이다. 이대로 재판이 잘 끝나서, 나나 기호가 소년원에 가지 않아도 되기를.

친구의 생사를 내 편리에 따라 빌고 자빠진 이기적인 새끼. 처음부터 그게 나였다. 하지만 제발, 앞으로 정말 착하게 살 테니 제발, 모든 악몽이 무사히 끝나 주기를, 세상 모든 신에게 나는 간절히 기도했다. 아무리 무시무시한 내용을 담고 있을지라도 나는 기도를 할 수밖에 없었다. 신이 존재한다면 제발 좀! 들어주라.

쾅쾅, 쾅쾅.

엄마가 다급하게 문을 두드렸다.

"인우야, 기호 왔어."

엄마는 다급하게 문을 좀 열어 보라고 소리쳤다. 기호? 최기호? 심장이 성난 발전기처럼 미친 듯이 쿵쾅거렸다. 나는 벌떡 일어나 오줌 마려운 강아지처럼 안절부절못하며 왔다 갔다 했다. 어쩌지? 어쩌지?

나는 더벅머리를 가다듬고 마른세수를 한 뒤 방문 앞으로 바짝 다가가 심호흡을 했다. 끼익, 문을 열었다. 기호는 나를 위아래로 한번 훑더니 오만상을 찡그렸다. 기호 뒤에서 있던 기호 엄마는 손으로 입과 코를 틀어막았다.

"야, 그 자식 죽었대, 오늘. 근데 너는 꼴이 이게 뭐냐? 윽, 거지같이."

영수 말인가? 영수가 죽었다고? 신이 내 기도를 안 들어준 거야? 그럼 이제 나도 죽는 거야?

"인우야, 그래서 말인데……. 우리 기호가 걔를 절대로! 때린 적 없다는 걸 법정에 나와서 확실하게 말해 줘야겠어."

바로 코앞에서 마지막 공판 이야기를 하는 기호와 기호 엄마, 그리고 우리 엄마의 목소리가 저 멀리, 아득히 저 멀리 들리지 않는 곳으로 물러났다. 영수, 내 친구. 내가 그러지만 않았어도, 그날 전화를 차갑게 끊지만 않았어도.

정운의 노랫소리가 머릿속에서 들려왔다. 곰 세 마리가 한 집에 있어. 아빠 곰, 엄마 곰, 애기 곰.

빌어먹을! 하나님도 부처님도 알라신도, 그 많다는 신들 중 누구 하나 내 기도를 들어주지 않았다. 이 얼마나 무서운 세상인가. 모두 나를 잊어 줘요. 나는 절대 돌아가지 않을 거예요.

문을 쾅 닫은 다음, 열쇠를 걸어 단단히 잠갔다. 두 손으로 귀를 틀어막아도 엄마의 울음소리가 계속 들렸다. 아빠의 고함소리도 울렸다.

아빠는 방문을 두드리며 소리를 질렀다.

"나와! 이리 나와서 어떻게 한 건지 말해! 영수한테 미안하지도 않냐? 책임을 져야지! 그렇게 도망만 간다고 문제가 해결되는 줄 알아? 안 나오면 너도, 우리도 끝이다!"

'……아빠 곰, 엄마 곰, 애기 곰. ……으쓱으쓱 잘한다.'

사실은 게임만 했던 건 아니다. 게임만 하기엔 이 방에서의 밤과 낮이 너무나 길었다. 그래서 방바닥에 굴러다니는 책 한 권을 집어 무심하게 넘겨보았다.

책의 제목은《멋진 신세계》. 아마도 고등학생 필독서라서 예전에 엄마가 사다 두었던 듯했다. 게임도 무료해지고 더 이상 볼 영상도 없을 땐, 이 책을 집어 들고 한 장씩 읽었다. 생각보다 내용이 나쁘지 않았다. 오히려 재미있는 구석이 많았다.

이상적인 사회를 유지하기 위해 계급에 따라 인간을 비율로 계산해 놓은 미래 사회 이야기였다. 그곳엔 몇 안 되는 뛰어난 지배층이 있었고, 그 아래로 하위 계급이 층층이 이어졌다. 자연스럽게 의문이 뒤따랐다. 나는 과연 어디에 속할까?

절로 웃음이 나왔다. 말해 뭐 해? 판단 능력도 없고, 선악 구분도 못 하고, 죄책감도 없이 그냥 시키는 대로 순간순간을 살아가는 최하위 노동직, 나는 거기에 속하겠지.

그나마 한 가지 위안이 되는 것은 그곳엔 사랑과 연민, 고통과 번뇌 같은 감정을 잊게 해 주는 '소마'라는 약이 있다는 사실이었다. 사회 구성원에게 소마가 지급되어 모두가 불만 없는 사회라니, 이 얼마나 멋진 세상인가.

나는 소마를 원한다. 소마만 준다면 뭐든 상관없겠다는 생각이 들었다. 그것만 먹으면 죽은 영수를 떠올리며 눈물 흘리지 않을 수 있겠지. 그것만 있으면 재판이 어찌 되든 다 잊을 수 있겠지.

하나님처럼 도움 안 되는 구식 신들은 다 없어지고, 과학의 신만이 존재하는 멋진 세계. 그런 세상에서라면 우리도 행복할 수 있겠지.

계단을 내려오는 발소리와 창에 비친 녀석의 실루엣이 오늘따라 신이 나 있었다. 꼬질꼬질한 장난감 자동차가 반투명 유리창을 도로 삼아 붕붕 내달렸다.

“형아, 나 소풍 간다. 에헤헤. 엄마, 아빠가 델꼬 간댔다! 내일 밤 꼭 간댔다!”

미친 듯이 두드리는 키보드 소리 사이로 녀석의 목소리가 들려왔다. 그때 까마귀 날자 배 떨어지듯, 적의 칼부림에 내 게임 캐릭터가 에너지를 잃고 죽었다.

“야, 씨. 너 땜에 죽었잖아!”

갑자기 소리를 질러서 녀석이 놀랐는지 조용해졌다.

“그래서 뭐, 어디 가는데?”

“꽃밭도 있고 물고기도 있고. 어흥, 사자도 있대. 재미있는 곳, 좋은 데! 이 장난감 자동차랑 똑같은 차 타고 간대.”

뭐지? 이 겨울에 꽃밭도 있고, 물고기도 있고, 사자도 있는, 멋진 신세계처럼 환상적인 곳이라니.

“그래? 좋겠네.”

“아……, 근데 미안해.”

“뭐가?”

“착한 형아 두고 정운이만 가서. 내가 형아랑 많이 놀아 줄게, 갔다 와서.”

착하긴, 개뿔. 창문에 꼭 붙어 있던 정운은 입으로 하얀 김을 뿜어 달님 친구를 만들어 주다가 이내 춥다며 위층으로 올라갔다. 이상하다. 윗집은 돈이 없어서 쫓겨 다니는 처지인데, 놀이공원 같은 데 놀러 갈 여유가 있을까? 그것도 이 추운 겨울밤에.

철커덩!

온 세상이 곤하게 잠든 새벽녘, 누군가가 대문을 열고 들어오는 소리가 났다. 나는 얼른 불을 끄고 자는 척했다. 두 사람의 발소리에 이야기 소리가 섞여 들었다. 이윽고 계단을 오르던 여자가 별안간 울음을 터뜨렸다. 그러자 남자가 토닥이며 말했다.

"울지 마, 여보. 더 이상 길이 없잖아. 이게 우리 모두 편해질 수 있는 마지막 방법이라고. 이제 힘든 것도 다 끝이야."

"나도 아는데 우리 정운이가 너무 불쌍해서……. 흑, 우리 정운이."

두 사람이 창밖에 멈춰 서서 서로를 끌어안았다. 반투명 유리창에 두 사람의 실루엣이 어슴푸레하게 비쳤다. 쓰러져 가는 나무 두 그루처럼, 서로가 서로를 힘겹게 지탱하고 있는 것 같았다.

안 쓰던 머리를 쓰자니 몹시 어지러웠다. 좋은 곳에 놀러 간다면서 도대체 정운이 왜 불쌍하다는 거지? 도무지 이해가 되지 않았다.

마지막 방법이라고? 마지막 방법이라면 설마, 더 이상 빚을 갚을 길이 없어서 다 같이 죽으려는 게 아닐까? 무서운 생각만 떠올랐다. 제발, 내가 생각하는 그것만은 아니기를. 신경 쓰지 말자. 아예 신경을 끄자.

나는 날이 밝을 때까지 초조하게 네모난 방을 뱅뱅 돌았다. 돌고 돌다 머리에서 떨쳐 버리려고 게임을 켰지만, 아무 소용이 없었다. 계속 머리가 욱신거리고 어깨가 아팠다. 아니, 내가 왜 이러고 있는 거지? 왜 아무도 저 사람들을 도와주지 않는 거야?

솔직히 짜증이 났다. 나는 진짜 착한 형도 아닌 데다 내 코가 석 자였다. 이럴 여유가 어디 있어? 나 같은 게 무슨 자격으로 걱정을 해? 웃기잖아.

설마 내가 안 도와줬다고 별일이야 있겠어? 엄지손톱을 세워 검지를 신경질적으로 긁어 댔다. 그것도 성에 안 차 앞니로 손거스러미를 사정없이 뜯어냈다. 혀끝에 짭조름한 맛이 느껴졌다. 정신을 차려 보니 손끝에서 피가 흐르고 있었다.

잠이나 자야겠다.

옥상 끝에 위태롭게 서 있는 영수가 보였다. 영수에게로 발걸음을 옮겼다. 나는《멋진 신세계》에서 최하위 노동자가 입는 검은색 옷차림이었고, 영수는 야만인의 복장을 하고 있었다.

"영수야, 영수야! 너, 거기서 뭐 해?"

영수는 내 말이 들리지 않는 듯 붉어진 눈으로 허공을 멀거니 바라보았다. 그러다 나에게 말했다.

"너희가 잘못한 거야. 나는 그걸 받아들일 수 없어. 나는 진정한 자유를 원해."

"무슨 소리야? 이리 와, 영수야. 소마를 줄게. 자, 여기! 소마를 줄게."

나는 알약을 꺼내 영수에게 내밀며, 그곳은 위험하니까 이리 오라고 소리쳤다. 눈 깜짝할 사이, 영수의 몸이 공중으로 붕 떴다. 나는 깜짝 놀라 허공으로 허겁지겁 손을 뻗었다. 하지만 이미 늦었다.

"안 돼!"

나는 비명을 질렀다. 꿈은 늘 거기서 끝났다. 오늘도 나는 땀범벅이 되어 현실로 돌아왔다.

매일 반복되는 똑같은 악몽에 한숨이 절로 나왔다. 꿈속에서도 이게 다 꿈이라는 걸 어렴풋이 알고 있었다. 그런데도 나는 손이라도 붙잡고 영수를 살려 보고 싶었다. 악몽을 끝까지 견뎌 보는 거다. 그것이 나의 몫인 거다.

쿵, 쿵, 쿵, 쿵.

바깥에서 들려오는 소리에 잠이 확 달아나면서 정신이 또렷해졌다. 시계를 보니 밤 9시를 조금 넘긴 시각이었다. 귀를 쫑긋 세우고 가만히 들어 보니, 윗집에서 사람들이 계단을 걸어 내려오고 있었다. 힘없이 질질 끄는 어른 발이 네 개, 신나서 통통 뛰는 아이 발이 두 개. 모두 쿵쿵 소리를 내며 철제 계단을 내려오고 있었다.

큰 벌레가 목에서 어깨를 타고 옷 속으로 들어간 것같이 불쾌하고 간지러웠다. 나는 팔뚝과 어깨를 부산하게 긁어 댔다. 저 계단을 다 내려가면 진짜 없어지는 걸까? 아이와 엄마, 아빠 모두? 혹시 영수처럼?

자세히 물었어야 하는데 어디로 가는지, 어디까지 가는지……. 나는 두 손으로 머리칼을 마구 헝클어뜨렸다.

아오, 그래서 뭐! 알면 어쩌게? 살인자 주제에 알면 내가 뭘 할 수 있다고.

"우아, 우아! 이제 진짜 간다. 정운이 선 넘어간다!"

아이의 들뜬 목소리에 손놀림을 멈추었다. 나를 형아라고 부르던 아이, 내 창문에서 곧 사라질 아이. 내 이름이라도 알려 줄 걸 그랬다. 좀 더 친절하게 대할 걸 그랬다. 진실을 말해 줄 걸 그랬다. 윗배가 뜨끔거리며 시큰거렸다.

"그래, 우리 귀염둥이. 조용, 조용! 안 그럼 못 가요."

예상했던 일이 정말로 일어나고 있는 것 같았다. 계단이 울릴 때마다 진동에 맞춰 내 얼굴과 머리, 손바닥, 발바닥, 아니 온몸에서 땀이 펑펑 뿜어져 나왔다.

나는 땀에 흠뻑 젖어 들어갔다. 죄책감과 두려움이 밴 땀이 침대 위로 흘러넘쳤다. 방 안 가득 차올라서 빠져 죽을 것만 같았다. 물속에 빠진 듯 숨이 막혔다.

두 팔로 머리통을 감싸고 다리를 접어 가슴으로 끌어안았다. 내가 점점 작아지다가 사라져 버리는 상상을 하면서.

"와, 정말 신난다. 엄마, 엄마! 진짜 돌고래도 타는 거지?"

"쉿!"

아이가 작은 소리로 소곤거렸다. 그러고는 작은 발을 콩콩 굴렀다.

겨우 여섯 살, 정운은 이제 겨우 여섯 살이었다. 게다가 발목이 묶여 내 방 창문 앞 계단까지 나와 본 게 전부였다. 이건 불공평했다. 너무 불공평해.

영수 엄마가 나에게 그랬다.

"다 좋으니 진실만 말해 줘. 나쁜 짓을 하면 벌을 받아야 맞는 거잖아."

그러게, 나쁜 짓을 한 건 저 아이가 아닌데……. 우리가 벌을 받아야 되는데. 영수는 죽어 버렸고, 기호와 나는 벽난로 앞의 개처럼 편안했다.

너무 편안해서 너무 불공평하다. 나는 거짓말을 했다. 기호도 거짓말을 했다. 정말 모두가 나의 말을 믿었을까. 믿고 싶은 것만 믿고 있는 건 아닐까.

그게 나를 안심하게 만들면서도 불안하게 만들었다. 이제 나의 형벌이 시작되었다. 앞으로도 계속 거짓말을 이어 가야 하는.

정운의 엄마와 아빠도 자신들의 행동이 아이를 위한 거라고 생각하겠지. 그렇게 믿고 싶겠지. 하지만 틀렸다. 선녀는 날개옷을 입고 하늘로 오르기 전에 품속의 두 아이에게 물었어야 한다. 나무꾼 아빠를 정말 떠나고 싶은지.

마음이 아파도 누가 물어봐 주었더라면, 누가 기호와 나를 조금이라도 꾸짖어 주었더라면 상황이 조금은 달라졌을지도 모른다. 아니, 완전히 달라졌을지도 모른다. ……웃기는 소리. 쪼잔한 자식. 다 핑계다.

'말려야 해.'

나는 침대에서 일어나 창 쪽으로 어기적어기적 다가갔다. 가까이 다가가면 갈수록 온몸의 힘이 쭉 빠졌다. 내 문제만으로도 버거운데, 과연 그들을 막을 힘이 나에게 있을까.

그러는 사이 세 사람의 발소리가 점점 멀어져 갔다. 계단을 다 내려가 멀리 사라져 간다. 이제 나에게 남은 건 정적 속에 지직대는 형광등 소리뿐이었다. 창 밑에 털썩 주저앉고 말았다. 내가 얼마나 못났는지 다시금 깨달았다. 나 자신이 너무나 징그럽고 싫었다.

문득 여섯 살치고는 너무 작았던 녀석의 실루엣이 떠올랐다. 작고 슬픈 몸. 나는 그런 무해한 몸을 잘 알았다. 그 몸은 내 친구 영수를 닮았다. 처음부터 희미하게 느끼고 있었다. 내가 그어 놓은 선을 넘고, 소마를 먹고 잠든 나를 깨울 존재가 되리라는 걸. 나에게 저 아이는 보고 싶지만 볼 수 없는 영수고, 따라 부를 수 없는 노래이며, 퍼렇게 녹이 슬어 삐걱거리는 철제 계단이었다.

진동이 느껴져 눈이 번쩍 뜨였다. 누군가 다시 계단을 뛰어 올라오고 있었다. 가벼운 발소리! 정운이다!

콩! 콩! 콩!

"형아!"

창틈으로 무언가가 꼬물꼬물 밀려 들어왔다. 연고와 가위였다.

"나는 이제 필요 없어. 형아도 아픈 데 연고 바르고, 줄 자르고, 얼른 밖으로 나와. 알았지?"

연고와 가위가 방바닥으로 툭 떨어졌다. 그 순간, 깨달았다. 여기서 내가 아무것도 하지 않는다면, 그동안 내가 미워한 신들과 조금도 다를 바 없다는 걸. 아이들에게 아무 말도 해 주지 않은 선녀와 다를 게 없다는 걸. 지금이라도 바로잡아야 한다. 아직 늦지 않았다.

창문의 잠금 장치를 아래로 꺾었다. 진실을 말할 용기를 내야 한다. 이 창을 열고 나는 폭탄을 터뜨릴 것이다. 진실을 말하고, 기호도 나도 정당한 벌을 받아야 한다. 입속으로 나직이 되뇌었다. 이제 저 아이가 영수라고.

이번에는 살리자. 어떻게든 소풍을 막아 보자. 창을 붙든 두 팔에 힘을 주었다. 그런데 창이 열리지 않았다. 오랫동안 열지 않아 가뜩이나 낡은 창이 창틀에 들러붙어 버린 모양이었다. 아이의 발소리가 계단을 거의 다 내려갔다.

"정운아! 가지 마! 가면 안 돼!"

시간이 없었다. 내 안에 잠재워 두었던 폭탄이 틱틱, 소리를 내며 돌아가기 시작했다. 도화선이 타 들어가는 듯한 매캐한 냄새와 함께 폭탄이 머릿속에서 째깍거렸다. 창문을 포기하고 뒤돌아 방문을 노려보았다.

정면 돌파다. 저기로 나가야 한다. 나가서 모든 걸 솔직하게 털어놓자. 그래야 당당하게 저 아이에게 갈 수 있다.

나는 문 앞으로 뚜벅뚜벅 걸어갔다. 고작 몇 발자국 디뎠을 뿐인데, 머리와 가슴이 터질 것처럼 쿵쾅거렸다. 숨을 깊게 들이마신 후, 문손잡이를 조심스레 돌렸다.

끼익.

문은 너무 쉽게 열렸다. 바깥 공기가 훅, 끼쳐 들어와 방 안 가득했던 묵직한 나른함을 날려 버렸다. 정신이 번쩍 났다. 그와 동시에 역한 냄새를 느꼈다. 방 안에만 있을 때는 몰랐던 냄새였다.

이제 진짜 밖으로 나가야 한다. 몸이 벌벌 떨려 와 간신히 한 발을 들어 문지방 너머로 내딛었다. 다시 또 한 발.

나왔다. 드디어 밖으로 나왔다! 밖으로 나오면 죽을 것 같았는데 아무 일도 일어나지 않았다. 우리 집 풍경이 낯설었다. 부엌에 있던 엄마가 나를 보고 눈이 휘둥그레지더니, 내 이름을 부르며 달려왔다. 그 소리에 아빠도 방에서 나와 내 앞에 섰다.

우리는 엉거주춤하게 서서 서로를 바라보았다. 엄마와 아빠는 기쁘면서도 슬퍼 보였다. 내가 깨지기라도 할까 봐 우물쭈물하면서 조심스러워했다.

그 모습이 불쌍해서 가슴이 먹먹해져 왔다. 더는 상처를 주고 싶지 않은데, 그런 말을 고를 재주가 나에게는 없었다. 나는 눈을 질끈 감고 따발총처럼 빠르게 말을 쏟아 냈다.

"영수를 괴롭혔어요. 매일매일 하루도 빠지지 않고 기호가요. 나는 모른 척했어요. 정말로 죽을 줄은 몰랐어요. 너무 무서워서, 벌 받기가 싫어서 거짓말했어요. 잘못했어요."

진실이 눈물과 함께 마룻바닥으로 쏟아져 내렸다. 아빠 얼굴이 서서히 풀려 갔다. 엄마가 다가와 나를 살며시 안아 주었다. 엄마도 울기 시작했다. 엄마, 정말 미안해요.

아빠가 커다란 손바닥을 펴더니 내 두 팔을 다정하게 잡았다. 따뜻한 온기가 손바닥을 타고 어깨와 팔로 전해졌다.

"방금 한 말, 사람들 앞에서 또 할 수 있겠니?"

나는 말없이 고개를 끄덕였다. 아빠도 고개를 한 번, 크게 끄덕였다.

"그래……. 엄마랑 아빠가 네 옆에 있을게."

나는 아빠의 눈을, 아빠는 나의 눈을 바라보았다. 그리고 세상과 나 사이의 사슬이 다시 이어졌음을 느꼈다.

"정운이가, 윗집 아이가 위험해요. 지금 잡지 않으면 돌이킬 수 없는 일이 일어날 거예요. 지금 가 봐야 해요."

"무슨 소리니? 지금 어딜 가겠다고……."

나는 대문을 열고 집 밖으로 뛰어나갔다. 너무 오랜만에 나온 터라 머리가 어지럽고 다리가 후들거렸다. 그래도 걸음을 늦추지 않고 곧장 거리로 달려 나갔다. 차가운 밤공기에 온몸의 숨구멍이 열리고 세포 하나하나가 숨을 쉬기 시작했다. 목을 길게 빼고 아이의 가족을 찾았다. 하지만 어디에도 보이지 않았다.

'이미 가 버렸나? 정말 사라졌나? 내가 또 망쳐 버렸나?'

눈물이 차오르려 했다. 그 순간, 먼발치에서 이제 막 골목을 돌려고 하는 세 사람의 뒷모습이 보였다.

맞는지 아닌지는 알 수가 없었다. 나는 지금껏 정운을 제대로 본 적이 없었다.

"곰 세 마리가 한집에 있어. 아빠 곰! 엄마 곰! 애기 곰!"

노랫소리. 정운이다! 나는 이를 악물고 그쪽으로 냅다 달렸다.

갓 태어나 처음 눈을 뜬 아기처럼, 눈으로 들어오는 모든 것이 새롭게 보였다. 지나가는 사람들, 귀퉁이가 부서진 옆집 시멘트 벽, 온 세상이 또렷하게 보였다.

나는 정운을 향해 활짝 편 손을 뻗었다. 구름을 비집고 나온 찬란한 별들이 우리들 머리 위로 반짝이는 빛을 내려 주고 있었다.

# 지하철 1호선

여름이 끝나 가고 있었다. 선주는 학교 운동장, 느티나무 그늘 아래 벤치로 나를 끌고 갔다. 그리고 민지를 보았다고 했다.

하얀 실내화를 신은 발 옆으로 매미 사체가 여럿 굴러다녔다. 쭈글쭈글 말라비틀어져 나뒹구는 매미는 누군가 떠나간 빈집 같았다. 아직은 뜨거운 정오의 해가 역할을 다한 껍데기에 내려앉아 있었다. 텅 비어 버린 몸이 반짝였다. 죽은 매미는 나무 위에서 맹렬히 울었던 지난날을 기억할까.

"그래서?"

나는 영어 단어장을 넘기며 이야기를 듣는 둥 마는 둥 했다. 그러다 매미 한 마리를 발로 툭 찼다. 실내화에 부딪치자 껍데기가 바스러졌다. 선주는 더워서인지, 아니면 내 반응이 답답해서인지 교복 윗도리를 한 손으로 잡아 펄럭거렸다. 그러고는 나에게로 더 바짝 다가와 앉았다.

얼마 남지 않은 점심시간, 벤치 주변에는 듣는 사람도 없는데 선주는 대단한 비밀이라도 되는 양 나에게 귓속말을 했다. 선주의 귓속말은 데시벨이 워낙 높아 귓속에만 머무르지 않고 주변으로 터져 나온다는 단점이 있었다.

"니, 민지 기억 안 나나? 강민지. 가앙, 민, 지!"

그 이름, 강민지. 허벅지 안쪽 팬티 고무줄 부분이 또 근질거렸다.

며칠 전, 영어 내신 성적이 좋지 못한 나에게 진로 선생님이 충고를 했다. 최소 이십 점은 올려야 해. 네 앞으로 스무 명은 제쳐야 인서울이 가능하다. 열 명을 제치면 인부산이라도 한다. 엄마는 인서울이 아니면 나를 외지로 보낼 이유가 없다고 했다. 마음이 바쁘다. 가렵다. 가려워 미치겠다. 어린 시절 고생했던 아토피가 고3이 되던 겨울부터 근질근질 올라오더니 8월을 넘기면서 다시 심해졌다. 어디가 간지러운지 알지 못해 몸 여기저기를 긁는, 그런 고약한 갈(㤅).

허벅지를 타고 올라오는 가려움증은 티클(tickle)이 아니라 이치(itch)였다. 다잉투이치. 브래지어도 팬티도 다 벗어 던지고 온몸을 마구 긁고 싶었다. 특히 젖꼭지가 가려워 죽을 것 같았다. 메스로 가슴을, 허벅지를 도려내고 싶었다.

수시 전형으로 벌써부터 대학이 정해진 아이들이 많았다. 행운의 조기 퇴소자들. 그들은 얼굴만 봐도 알 수 있었다. 누렇게 뜬 수험생의 얼굴이란 비슷비슷했지만, 말수가 적었고 발걸음부터가 달랐다.

나는 그들이 쓰다 버릴 정시를 노려야 했다. 그러므로 이러고 있을 시간이 없었다. 영어로 이치, 한자어로 갈.

강민지? 이제 와서 나더러 어쩌라는 말인가. 선주에게 화가 났다. 선주는 왜 텔레비전을 보고 와서 나를 귀찮게 만드는 걸까.

어느새 기억 속에만 존재하던 민지가 분홍 원피스를 입고 내 옆에 다가와 섰다. 이름을 들었을 때, 아물어 가던 아토피를 건드린 느낌이었다. 재수 없게 부딪치지 않았더라면 좋았을, 참고 있었다는 사실까지도 잊었던, 잠도 못 자고 괴로워했던 아토피. 벗어나려면 손톱을 세워 벅벅 긁어야 했던 극심한 간지러움. 살갗이 일어나고 벗겨지고 떨어져 나갔다.

피가 날 지경까지 사정없이 긁어서 내가 나를 상처 입혔던 기억. 그것이 강민지였다. 그런 나에게 선주는 아무렇지 않게 이야기하고 있었다. 그것도 지나가는 초등학교 동창생의 뒷

이야기 정도로.

"결혼을 했다카이? 세상에!"

"확실하나? 그런 데 나올 땐 가명 쓰잖아."

"첨엔 긴가민가했지. 이름이 사랑이라고 뜨더라고. 근데 봐래이! 우리랑 같은 나이에, 부산 살고, 오른쪽 눈 옆에 덴 자국하며. 이게 민지가 아니면 누구겠노!"

"맞나?"

"맞다카이. 하이고, 가가 와 그래 됐지? 내는 잠이 다 안 오더라. 봐라, 다크 서클이 배꼽까지 내려왔다."

옛날부터 다크 서클은 선주의 트레이드 마크였다. 다크 서클만 넓은 게 아니다. 오지랖도 태평양이었다. 선주는 교복 주머니에서 아이크림을 꺼내 눈 밑에 바르고는 손으로 톡톡 두드렸다. 초등학교부터 중학교, 고등학교까지 선주와 나는 같은 학교를 다녔다. 그렇게 쭉 같은 학교로 배정된 친구는 선주뿐이었다.

초등학교, 중학교 때는 그다지 친하지 않았다. 노는 부류가 달랐다. 선주는 밝아도 너무 밝았고 말도 서슴없어서 주변에 친구가 많았다. 그에 반해 나는 그렇지 못했다. 나는 단 한 명과 절친을 맺고 인사이드에서 떨어져 나와 조용히 주변을 탐

색하는 부류였다.

고등학생이 된 선주는 타로와 점성술에 빠져서 졸업만 하면 타로 카운슬러가 되겠다고 했다. 나에게도 가끔씩 타로를 봐 주었는데, 그걸 계기로 둘이 친해졌다. 좋아하는 것, 되고 싶은 꿈이 있는 선주가 나는 늘 부러웠다.

"니네 부모님은? 그거 해도 괜찮다 하시나?"

"우리 엄마, 아빠? 당근 하라카지."

반응이 너무 뜻밖이라 놀랐다. 우리 엄마라면? 죽었다 깨어나도 대학에 가는 대신 타로 카드나 치겠다고 하는 내 말을 받아 줄 리 만무했다.

점심시간 종료 종이 울렸다. 우리는 교복을 털고 일어나 교실로 향했다. 선주는 내 옆 반이었다. 우리는 손 인사를 하고 각자의 반으로 돌아갔다.

그때 선주가 내 등에 대고 불쑥 물었다.

"니, 민지랑 단짝 아니었나?"

모의고사가 끝나고 긴 연휴가 시작되었다. 추석이었지만 친척 중에서 나만 기장에 있는 외할아버지 집에 가지 않았다. 이것이 수험생의 위력이려나.

평소라면 당연히 참석하는 가족 행사에서 제외되자 약간 어른이 된 것만 같은 기분이 들어서 좋았다. 그와 동시에 불안했다. 나만 혼자다. 이제는, 그리고 앞으로는 쭉 혼자서 짊어지고 가야 할 것들이 많을 것이다. 나는 혼자 걸어 들어가야 할 터널의 입구에 서 있었다. 어른이 되어 가는 것이다.

가사도우미 아줌마가 만들어 준 토스트로 간단히 아침을 해결하고 독서실에 가기 위해 집을 나서는데, 선주에게서 문자가 왔다.

> 민지가 나온 <인간극장>. 님도 함 보시길.

궁금해서도 안 되고 집중이 흐트러져서도 안 되는데, 링크를 보낸 선주가 원망스러웠다. 아파트 상가에 있는 독서실까지는 십 분 남짓이니 잠깐 동안 보면 될 것도 같았다.

나는 어른이 된 기분에 젖어 민지 영상쯤은 무심하게 보고 넘길 용기가 났다. 귀에 이어폰을 꽂고 플레이 버튼을 눌렀다. 그것은 실수였다. 보지 않았더라면 좋았을 걸 보고야 말았다. 나는 결국 판도라의 상자를 연 프시케가 되어 버렸다. 독서실 의자를 수십 번도 더 끌어다 다시 앉고 자세도 고쳐

보았지만, 죄다 헛수고였다. 또다시 허벅지부터 근질거리기 시작했다. 신경질적으로 벅벅 긁어 대자 옆자리에 앉은 대학생인지 취준생인지가 나에게 눈치를 주었다.

민지는 나와 완전히 다른 세계에 사는 듯했다. 긴 머리칼을 대충 묶고 목이 늘어난 누런 티셔츠에 헐렁한 고무줄 바지를 입은 모습이 영락없는 시장 아줌마였다.

화면 속 민지는 학교에서 돌아오는 시동생들 밥을 해 주기 위해 시부모가 운영하는 생선 가게에서 나와 집으로 종종걸음을 쳤다. 자기보다 한 뼘은 큰 열네 살 시동생과 택배 아르바이트를 하는 동갑내기 남편이 그 옆에 있었다.

어린 나이에 벌써 주부라니. 시장에서 가게를 하는 부모님을 도우며 택배 아르바이트를 뛰는 남편은 민지를 많이 아끼는 듯 보였다. 다큐멘터리 제목도 참 우습게 〈우리는 사랑을 판다〉였다. 나에게는 그게 다 연극 같고 역겨웠다. 아침에 먹은 것이 소화가 안 되어 가슴에 뭉친 기분이었다.

사랑? 겨우 열여덟 살이 사랑을 알면 얼마나 알아서. 나에게는 두 사람의 사랑이 충격적이고 폭력적이었다. 아무리 화면에 아름다운 음악이 깔리고 정감 어린 내레이션이 흘러도 이상하고 느글거리고 생소했다. 그들의 사랑이 진정 사랑일까? 미성년자일 때 만난 애들이 졸업도 하지 않고 결혼을 하다니. 구시대적인 성 역할을 벗어나 진취적이고 자기 주도적인 사람이 되는 것, 그건 비단 나만의 목표만은 아니리라.

그런 의미에서 민지의 삶은 성공한 인생을 꿈꾸는 우리들의 그것과는 너무 거리가 있어 보였다. 시부모와 시동생, 남편을 돌보는 민지를 보며 나처럼 느끼는 사람이 과연 없을까?

영어 문제와 수학 문제 하나에 내 인생이 달라질 수 있는 긴박한 시기에, 온 힘을 다해 나 자신에만 집중해도 어떤 미래를 살게 될지 모를 중요한 나이에, 민지는 시부모가 운영하는 생선 가게에 앉아 파리채로 파리나 쫓고 있었다.

어렴풋이 어디 사는지 궁금했는데, 우리 동네에서 지하철 1호선으로 삼십 분이면 갈 수 있는 자갈치 시장에서, 그것도 생선 가게에서, 생선 배를 갈라 내장을 빼고 있었다니. 나는 단념하듯 영어 문제집을 덮어 버리고 수학 공식 노트를 폈다. 민지가 사는 반지하 단칸방은 삼복더위에 창문도 없이 선풍기 두 대가 전부였다. 밤이 되고 그 집으로 꾸역꾸역 식구들이 들어차면 더 숨이 막혔다.

어울리지도 않는 어린 '부부'는 비좁은 부엌에 이불을 펴고 몸을 뉘었고, 주렁주렁 걸린 옷들로 인해 벽면이 보이지도 않는 하나뿐인 방은 시부모와 시동생이 쓰고 있었다.

이해가 되지 않았다. 아무리 그래도 그렇지, 민지 아빠가 남긴 재산이 꽤 될 테니, 어딘가에서 잘 살고 있을 줄 알았는데. 가슴이 뜨거워졌다가 차가워졌다가 정신없이 냉온탕을 오갔다. 잔상이 자꾸 떠올라 좀체 공부가 되지 않았다.

삼각 함수를 보는데 민지가 쫓던 파리들이 머릿속을 헤집어 놓아서 수학 문제가 눈에 들어오지 않았다. 결국 책을 덮고 문자로 선주를 불러냈다.

초등학교 시절, 아이들 사이에서 지하철로 등교를 한다는 건 어른스러움을 뽐내는 첫 번째 표식 같은 것이었다. 나도 그랬다. 걸어도 되는 거리를 굳이 지하철을 이용했다.

초등학교 3학년이 지하철 1호선을 타고 혼자 등교했다는 자부심으로 아이들 앞에서 으쓱해지곤 했다. 그런 용기를 가지거나 가지지 못한 것으로, 부산을 떠나 서울로 갈 수 있는 인물인지 아닌지를 알 수 있다고 믿었다. 아이들에게 지하철 1호선은 용기를 보여 주는 바로미터였다.

열 살의 나는 얼른 커서 어른이 되고 싶었다. 시간만 빨리 흘러 준다면 당장이라도 대학생이 되고 사회인이 되어 서울에서 멋지게 살 수 있을 것 같았다.

나는 어렸지만 어렴풋이 알고 있었다. 엄마가 착한 사람이 아니란 걸, 사람들을 괴롭혀서 돈을 번다는 걸. 매일 부전 시장, 동래 시장, 자갈치 시장 등을 돌며 일수 도장을 받는 엄마가 나는 싫었다. 일수 집 딸, 그 지긋지긋한 꼬리표.

어떻게든 엄마가 있는 부산을 떠나고 싶었다. 빌딩으로 출근하는 아빠가 사는 반듯한 세계로, 다시 말해 서울로 가고 싶었다. 그러기 위해 지하철 1호선을 타야 한다는 강박이 어린 나에게는 뚜렷이 있었다.

강민지와 처음 만난 건, 정확히 말해 우리가 서로를 인식하기 시작한 건 지하철을 타면서부터였다. 민지가 입은 분홍 원피스와 빨간 책가방, 반짝이는 에나멜 구두가 내가 기억하는 민지의 첫 모습이었다. 민지는, 항상 풀어 헤친 검은 단발머리에 물 빠진 바지만 입고 발끝을 보며 걷는 나와는 달랐다. 그 아이는 하늘거리는 벚꽃 같았다. 분홍 원피스를 입고 포니테일로 묶은 머리에 핑크 리본을 단 민지, 전학 온 나에게 처음 말을 걸어 준 것도 민지였다.

예쁘고 친절하고 착해서 세상에 천사가 있다면 저 아이겠구나 싶었다. 하지만 그런 친절함이 나에게는 익숙지 않았다.

거친 말투에, 뭐든 돈과 연결시켜 말하는 엄마를 닮아서였는지 나는 표정도 어둡고 말씨도 투박스러웠다. 내가 어디 사는지, 아빠는 뭐 하는지 자꾸 물어오는 민지가 싫었다. 나는 민지 아빠네 병원에서 치료를 받고 온 담임이 민지 머리만 쓰다듬어 주는 것 같아서 그 아이가 더 얄미웠다.

그 외에도 민지가 미운 이유는 수도 없이 많았다. 반짝이는 독일제 보온병에 민지 엄마의 손 편지가 붙어서이기도 했고, 주말에 민지네 가족끼리 나들이를 다녀왔다는 이야기가 내 자격지심을 건드려서이기도 했다.

"자꾸 따라오지 마라! 내 혼자 갈 기다."

그때 당시 나는 민지에게 상처가 될 말을 하고 싶었고, 실제 했던 것도 같다. 친해지려고 노력하는 민지에게 부러 퉁명스럽게 굴었다. 불행인지 다행인지 우리는 사 년 내내 같은 반, 같은 분단에 앉았다. 그러면서 나는 내가 어떤 아이인지 서서히 알아 갔다. 내가 사는 환경이, 다른 친구들과 많이 다르다는 걸 그때쯤 깨달았던 것 같다.

하지만 나는 아직 아이였고, 아이는 놀아야 했다. 내가 성격이 밝건 어둡건 그 시절은 친구와 어울려 놀아야 할 시기였고, 나에게도 같이 놀 친구가 필요했다.

나는 민지를, 민지는 나를, 서로의 집으로 초대했다. 그리고 시간이 지나면서 민지는 우리 엄마와 아빠가 이혼했다는 걸 자연스럽게 알아 버렸다. 내가 엄마와 산다는 사실을, 그리고 우리 집에는 늘 엄마 대신 돈을 받아다 주는 무서운 삼촌들이 들락거린다는 사실을 알게 되었다.

그런데 그뿐이었다. 그 아이는 나를 나 이상도, 나 이하도 아닌, 있는 그대로 보아준 첫 친구였다. 우리 집에 다녀간 후 나를 피했던 다른 아이들과 민지는 달랐다.

민지가 나와 노느라 평소 같이 지내던 놀이 집단에서 떨어져 나오자 다른 아이들이, 특히 선주가, 왜 나하고만 노느냐고 민지에게 따져 물었던 적이 있었다.

그때, 민지는 너무도 당연하다는 듯 말했다.

"상희는 내 단짝 아이가?"

우리는 정반대의 모습인 단짝이 되었다. 웬일인지 엄마도 민지만은 살갑게 챙겼다. 돈 많은 집 딸이라서 좋았는지 알 길은 없지만, 나는 엄마가 민지 엄마와 친해지려 노력해 주고 민지를 좋아해 주어서 내심 기뻤다. 방학이면 같이 수영장도 가고 수원지도 가고 늘 정신없이 붙어 다녔다.

하루는 지하철 1호선을 타고 자갈치 시장에 놀러 갔다. 순전히 민지가 가고 싶다고 해서 간 것이었다. 솔직히 나는 시장에서 엄마를 볼까 봐 가기 싫었다.

시장에 도착한 민지는 생선 구경을 하며 신나 했다. 처음에는 나도 같이 신나는 척을 해 주었다. 하지만 그건 민어, 그건 광어, 그건 도다리라고 설명하는 데 이내 지쳐 갔다.

나중엔 이딴 게 뭐가 재미있느냐고 심드렁해져서 집에 가자고 했다. 그래도 조금만 더 보자며 민지가 내 손을 잡고 바닷가 부두로 이끌었다.

플라스틱 페트병이며 먹다 버린 생선 찌꺼기 같은 것들이 기름과 함께 둥둥 떠 있는 검은 바닷물을 우리는 그렇게 한동안 본 것도 같다. 내가 다리 아프니 이제 집에 가자고 했고, 우리는 곧장 집으로 향했다. 그날 집으로 돌아가는 길에, 민지는 물고기랑 바다가 참 좋았다고 했는데, 내가 시끄럽고 냄새나는 시장이 뭐가 좋으냐고 했던 게 기억난다.

그러던 어느 날, 우리가 5학년이 되던 봄에 민지가 결석을 했다. 말도 없이 일주일이나 되는 긴 결석이었다. 궁금해서 민지 휴대폰으로 전화를 걸었지만 받지 않았다.

불안했다. 나는 매일 민지가 내리던 지하철역에서 내려, 민지네 집까지 가 보았다. 문이 늘 잠겨 있었다. 안에서는 아무런 기척도 나지 않았다. 그때 나는 겨우 5학년이었고, 내가 할 수 있는 건 고작 민지가 학교에 다시 나오기를 기다리는 것, 그것밖에 없었다.

"타워 카드네. 흐음."

선주가 진짜 타로술사라도 되는 양 미간을 찌푸리고 카드를 읽었다. 나는 아이스커피를 한 모금 마시고 카드를 뚫어져라 보았다. 독서실 앞에서 만난 우리는 김밥 집에서 떡볶이와 어묵을 나누어 먹은 뒤, 타로로 민지가 처한 상황을 보기 위해 카페에 자리를 잡고 앉아 있었다.

"내가 민지를 만나면 어떨 것 같노? 만나고 나면 공부가 잘 되겠나?"

선주는 빠른 손놀림으로 카드를 섞더니 촤라락, 펼쳤다. 그러고는 나에게 한 장 뽑으라고 했다.

"왼손으로!"

선주는 나를 상대로 타로 점 연습을 자주 했기 때문에 왼손으로 뽑아야 하는 것 정도는 나도 알고 있었다. 그리고 좀 전에 나온 타워 카드가 아주 나쁜 의미라는 것도 말이다.

한편으론 민지가 처한 상황쯤 다큐멘터리만 봐도 알 수 있었는데, 지금 우리는 뭘 하고 있는 것인지 참 한심하다 못해 비참하다는 생각이 들었다. 선주가 내가 뽑은 카드를 들추었다. 데스 카드였다.

"최악이네. 더 워스트 카드다. 만나면 절대! 안 된다."

선주는 타로 지침서를 들고 손가락으로 글을 따라가며 읽었다. 한숨이 나왔다. 선주, 이 가시나를 어쩌면 좋을까.

"니가 유튜브 보라 해서 이래 됐잖아! 책임져라! 공부가 하나도 안 된다. 내, 대학 떨어지면 니가 책임질래?"

선주는 혀를 쏙 내밀었다. 가장 미안해할 때 나오는 선주의 버릇이었다. 선주는 다시금 카드를 들고 꼼꼼히 섞더니, 내가 갈 대학과 진로에 대해 성심과 성의를 다해 한참을 상담해 주었다. 미안하긴 한가 보다. 수시는 어려워도 정시는 결과가 좋을 거라는 말을 덧붙였다. 나는 선주와 민지 때문에 하루를 고스란히 날렸다.

일주일 뒤, 민지는 학교로 돌아왔다. 그런데 어딘가 달라 보였다. 긴 머리를 포니테일로 묶지 않고 대신 흰 머리핀으로 귀 옆머리를 단정하게 고정시켜 놓았다.

우리는 그날, 모처럼 학교 뒤쪽 그늘진 놀이터에서 모래로 그림을 그렸다. 쉬는 시간이었지만 민지가 기운이 없어 보여서 평소처럼 뛰어놀 수가 없었다. 대체 그동안 무슨 일이 있었는지 물을 수도 없었다. 겁이 났기 때문이다.

간간이 오간 말과 그 말 사이에 흐르는 어색한 침묵에 나는 숨이 막혔다. 하지만 달리 할 수 있는 게 없었다. 눈치만 보는 나와 침울해 보이는 민지, 우리는 그저 나무 막대기로 모래만 팠다. 파고 메우고 파고 메우고.

그러다 민지가 아무렇지 않게 나에게 말했다.

"아빠는 죽은 게 아니래. 인제 하늘나라에서 내랑 엄마를 지켜 주실 거래."

"……누가 그라는데?"

"우리 엄마가. 아무것도 변하는 건 없대, 우리 엄마가. 상희야, 진짜 그럴까?"

"……."

아빠가 없다는 게 어떤 건지 제일 잘 아는 나였기에 나는 침묵을 선택했다. 민지에게 놓인 삶이 절대 이전과 같지 않을 거라고 확신했지만 아무 말 없이 모래 그림을 그리는 그 아이 옆에 있어 주었다. 민지를 민지 엄마의 바람처럼, 잠시만이라도 동화 속에 머물게 해 주고 싶었다. 그것만이 내가 해 줄 수 있는 우정의 전부였다.

그러나 기실 어둡고 악취 나는 감정이 내 안에서 꿈틀기리며 생겨나는 걸 나는 느꼈다. 민지가 너무 측은해서 가슴 한구석이 아려 오는데, 이상하게도 그와 동시에 어깨가 펴지고 기분이 좋아졌다. 남의 불행을 기뻐하다니, 그것도 단짝 친구의 아픔을 말이다. 정말 사악한 악마 같았지만 솔직히 행복을 느꼈다. 너무 행복해서 가슴이 다 콩닥거렸다.

이제 우리는 '진짜' 친구가 될 수 있었다. 드디어 그 아이와 내가 '아빠 없는 아이'라는 같은 고민으로 단단하게 묶일 것이고, 그럼 우리 관계도 더 끈끈해질 터였다. 내가 민지를 도울 일이 분명히 생기지 않을까, 하는 기대감도 내심 생겼다.

어쩌면 나는 이제야 민지와 대등해졌다고 느꼈는지도 모른다. 지금의 나로서는 어렸던 나 자신의 잘못을 이렇게라도 변호할 수밖에 없다.

만약 그때 내가 민지의 불행을 비밀스럽게 기뻐하지 않고 아빠는 없어진 게 아니라고, 하늘에서 너를 지켜 주실 거라고 힘내라는 말을 건넸다면, 적어도 그랬다면 나는 시장에 사는 지금의 민지를 보고도 이렇게 힘들지 않았을 거다.

불행은 한꺼번에 몰아닥쳤다. 몇 달 뒤, 나는 또 한 번 충격에 빠졌다. 민지 엄마가 세상을 떠난 민지 아빠를 따라갔다. 자정을 넘긴 시각, 민지 엄마는 민지를 재운 후 집에 불을 질러 민지와 동반 자살을 시도했다.

그나마 다행이었던 건, 벌건 화마 속에서 민지가 살아남았다는 것이다. 아니, 어쩌면 그게 불행의 시작이었을지도 모른다. 처음 그 소식을 전해 듣고 나는 너무 놀라고 혼란스러워 펑펑 울었고, 눈물이 다 마르자 침울하고 슬퍼져 아래로, 끝없이 아래로 침잠했다. 마치 내가 그 일을 당한 것만 같았다.

그러나 충격이 얼마만큼 가신 후, 나는 내 안에 가라앉은 침전물을 바라볼 수 있었는데, 그건 놀랍게도 부러운 감정이었다. 민지 엄마가 민지와 같이 죽으려 했던 것이 나는 못내 부러웠다. 지독한 사랑. 그것은 나에게 젖 한 번 물리지 않은 우리 엄마가 할 수 없었던, 그리고 앞으로도 나에게 해 줄 수 없을 위대한 사랑임이 분명했다. 나에게 있어 엄마란 있어도 없는 존재, 그에 반해 그 아이에게는 없어도 있는 존재.

그렇게 느껴지니 참 허탈하고 허무했다.

민지 아빠가 죽었을 때와는 달리, 이번엔 가는 곳마다 민지 이야기가 들려왔다. 아주 잔인한 이야기였다. 민지 엄마에게 남자가 있었다느니, 사채를 쓰다가 큰 빚을 져서 자살하려고 했던 거라느니. 아이들은 어른들이 한 말을 교실로 퍼날랐다. 학생도, 선생도 모두가 수군거렸다. 민지 엄마에게 전혀 악의는 없지만 남들이 그렇다고 하니 그런 것 아니겠느냐고 했다. 나는 남의 불행이 나의 즐거움이 되는 광경이, 수군거림이 간지러워서 온몸을 벅벅 긁어 댔다.

집에 와 보니 엄마도 민지 일을 알고 있었다. 내가 친구 걱정에 가야 할 영재 학원과 코딩 학원도 빼먹고 가지 않으려 하자, 엄마는 내 등 뒤에서 서툰 위로를 슬쩍 건넸다.

"우짜겠노? 없이 살아도 살아야제."

민지가 가진 여유와 당당함은 다른 형태로 물질 변환된 부모님의 사랑일 거라 나는 믿었다. 그 사랑이 주변의 관심과 애정까지 불러들이는 거라고 생각했다.

이중삼중으로 보호막을 두른 민지는 하나님의 보호를 받는 천사였고, 봄날에 응당 피는 벚꽃이었다. 때문에 보호막을 잃은 다른 모습의 민지가 상상이 가질 않았다. 민지가 고아가 되었다는 사실도 믿기지가 않았다.

처음에는 불 속에서 얼마나 무서웠을지 걱정되었는데, 시간이 흐르자 민지를 만나면 어떤 태도를 취해야 할지가 더 걱정되기 시작했다. 민지를 걱정하던 마음은 어느새 사라지고, 우리를 둘러싼 모든 것이 바뀌어 버려서 결국에는 우리 관계도 바뀔 거라는 생각에, 나는 미리 외로워하며 이별을 준비하고 있었다.

그러나 달이 차고, 지하철에서 우연히 만난 민지는 의외로 담담했다. 예쁜 원피스도 입지 않았고 예전보다 기운이 없었지만, 민지는 변한 것이 없었다.

다시 한번 눈웃음을 지으며 다가온 쪽은 내가 아닌 그 아이였다. 오른쪽 눈가에는 빨갛게 덴 자국이 커다랗게 남아 있었다. 웃고 있는데도 그 상처처럼 민지는 아파 보였다. 민지의 눈 속에는, 나라면 빠져 죽을 수도 있을 만큼 깊은 슬픔이 단단히 자리해 있다는 걸 나는 대번에 알아차렸다.

미칠 듯 가슴이 저려 와 민지를 앞에 두고 나는 그만 울어 버렸다. 훌쩍이는 나를 민지가 토닥였고, 우리는 손을 잡고 학교로 갔다. 늘 그랬듯이 우리는 단짝 친구였다.

결코 변한 건 없었다. 민지의 아빠와 엄마가 외삼촌과 외숙모로 바뀐 정도였다. 서면 뒤쪽에서 작은 공업소를 하는 외삼촌 내외는 좋은 분들 같았다. 민지는 동생들이 생겼다. 그것도 넷이나 되었다.

크리스마스 날, 민지의 새집으로 초대를 받은 나는 별생각

없이 놀러 갔다. 그러나 현관에 놓인 운동화 개수만큼이나 아이들로 바글거리는 집을 보고 깜짝 놀랐다.

슬레이트로 만든 다 쓰러져 가는 집에서 민지는 사촌들과 함께 해맑게 웃고 있었다. 민지는 가스버너로 끓인 라면을 나에게 가져다주었다. 하지만 나는 그 라면을 한 젓가락도 먹지 못하고 집으로 돌아왔다.

바뀐 건 없었다. 민지는 워낙 예쁜 이목구비를 가졌고, 사려 깊은 말과 행동으로 남학생들 사이에서도 인기가 많았다. 비록 최고급 브랜드였던 옷과 구두, 책가방이 싸구려로 바뀌어 있었지만 더 여성스럽고 침착해져서 고고하게까지 느껴졌다.

변한 것이 있다면 나였다. 우리 집은 벌이가 좋아졌다. 가사도우미 아줌마와 운전기사 아저씨를 두었고, 민지가 걸치던 옷과 비슷한 비싼 원피스를 이제 내가 입게 되었다.

6학년이 되었을 즈음에는 다녀야 하는 학원이 늘어나 주말 시간까지 수업이 들어찼다. 우리는 같이 만날 시간이 줄어들었다.

한번은 주말에 민지가 우리 집에 놀러 온 적이 있었는데, 나를 보지 못하고 돌아갔다. 그런 일이 자주 반복되다가 우리는 서서히 멀어졌다.

그러고는 졸업을 했고, 각자 다른 중학교로 배정이 되었다. 중간고사, 기말고사 시험이 끝나면 가끔씩 연락을 해 만나기도 했지만, 그때마다 서로의 관심사가 달라져 있다는 걸 확인만 한 채 헤어지곤 했다.

연락을 전처럼 자주 못 하기 시작한 건 이때부터였던 것 같다. 그러다 중3, 겨울 방학에 들어가면서 민지로부터 짤막한 문자가 한 통 왔다. 휴대폰이 없어질 거라는 간단한 내용이었다. 조금 지나 전화를 걸어 보니, 민지 번호는 이미 다른 사람이 쓰고 있었다. 그렇게 우리는 작별 인사도 없이 서로가 서로의 세계에서 사라졌다.

드디어 수능 시험이 끝났다. 수능 다음 날, 학교 안은 태풍이 여러 번 지나갔다. 과목마다 채점이 끝나면 결과가 좋지 못해 우는 학생들과, 결과가 좋아서 표정 관리가 안 되는 학생들로 나뉘었다. 구획이 이리도 바뀌고 저리도 바뀌어 정신이 없었다.

다행히 나는 결과가 좋아서 표정 관리가 안 되는 학생들에 속했다. 이 점수라면 서울에 있는 대학에 갈 수 있다! 드디어 탈출이다. 선주는 자기가 말한 대로 되지 않았느냐며 유세를 떨었다.

“참, 그 데스 카드 기억나나?”

“뭐꼬? 그게.”

“그 왜, 있잖아. 민지 놓고 봤던 타로 카드 말이다.”

“아, 그 더 워스트 카드. 그게 와?”

“그게 다른 책을 보니까 해석이 다르더라. 완전 최악은 아니더라고.”

“그라면?”

“희망을 향한 최악이라고나 할까? 더 이상 바닥은 없다. 올라갈 일만 남았다.”

집으로 돌아가는 길, 나는 달뜬 기분으로 지하철에 올랐다. 이제 나는 엄마에게서 벗어나 당당히 서울로 갈 거고, 아빠를 만날 거고, 어른이 될 수 있다. 그렇게 생각하니 구름 위를 걷는 기분이었다. 1호선을 타려다 조금 더 걸어 4호선을 탔다. 언제부터였는지는 잊었지만 오래된 1호선보다 새로 생긴 4호선이 나는 더 좋았다. 깨끗한 의자에 앉아서 바깥 풍경을 내다보았다. 하늘이 맑았고 구름과 노을이 예뻤다.

그러고 있자니 창문에 바짝 다가서서 주황색으로 빛나는

노을을 바라보던 민지의 핑크 리본이 떠올랐다. 지하철이 흔들리는 대로 함께 들썩이던 민지의 빨간 가방이 생각났다.

'만나러 가 볼까? 아니면 가지 말까?'

4호선 전동차가 동래역에 들어섰다. 자갈치 시장으로 가려면 지금 여기서 환승을 해야 했다. 그 아이를 만나려면 바로 냄새나는 1호선으로 갈아타야 했다. 나는 내리지 못하고 잠시 망설이다 문이 코앞에서 닫히려는 순간, 뛰어내렸다.

순전히 충동적인 행동이었지만 지금이라면 뭐든 할 수 있을 것만 같았다. 내가 민지를 만나서, 위로하고 잘 설득해서, 어쩌면 그 이상한 상황에서 눈뜨게 만들 수 있지 않을까.

민지는 진지하게 자신의 이야기를 들어주고 진심으로 걱정해 주는 친구가 옆에 없으니 그렇게 되어 버린 거다. 꿈을 포기한 거다. 그걸 내가 해 주면 좋지 않을까. 호방한 의욕이 내 속에서 뜨겁게 타올랐다.

그동안 나누지 못했던 우정도 되새기고 마음을 담아 담소를 나누다 보면, 말도 안 되는 꿈에서 깨어나 그 남자와 잘못된 선택을 했다고 민지도 깨달을 거다.

내 행복을 나누어 주면 그 아이도 행복에 조금은 다가설 거다. 이중삼중으로 그 아이를 감싸 주던 애정의 보호막, 이번엔 내가 만들어 줄 수 있을지도 모른다. 그런저런 생각에 마음이 어떤 희망과 사랑으로 가득 부풀어 차올랐다.

뚜구둥 뚜구둥, 뚜구둥 뚜구둥.

지상을 달리던 1호선 전동차가 둔탁한 소리를 내며 땅 아래로 내려가기 시작했다. 전동차는 어둠을 뚫고 자갈치 시장으로 향했다. 엄마가 늘 다니던 시장이라 나에게는 우리 집 앞마당이나 다름이 없어서, 어느 구역에 있는 몇 번 상점인지 대충 영상만 봐도 알 수 있었다.

자갈치 시장에 들어서기 전부터 진득한 비린내가 공기 중에서 진동을 했다. 횟집마다 설치된 수조 안에는, 신선한 횟감들이 일정한 리듬감을 띠고 한쪽으로 몰려가는가 싶더니, 또 다른 쪽으로 획 방향을 바꿔 휘몰았다.

전에는 허름한 가게들이 더덕더덕 붙어 있었는데, 리모델링을 완전히 끝낸 후로 시장 전체가 산뜻해져 있었다. 그래도 길 위로 흘러넘치는 생선 헹군 물은 여전했다. 발밑으로 흐르는 비린 물이 교복에 튀지 않도록 신경 쓰며 걷는데도 정강이 뒤쪽 스타킹에 점점이 튀었다.

민지를 정말로 볼 수 있을지는 알 수 없었다. 하지만 만나지 못하더라도 한 번은 꼭 가 봐야 했다. 말 그대로 그냥 가

보는 거였다. 민지를 떠올리면 시작되던 지독한 가려움증이 사라지길 간절히 바라며, 나는 속절없이 민지의 세계로 걸어 들어갔다.

좀 헤맨 끝에 민지네 가게를 찾을 수 있었다. B-11. 생선을 진열해 놓은 작은 합판과 상호를 나타내는 번호표가 없었다면, 하나의 가게라고 생각할 수 없을 정도로 매우 작았다. 조금 심란해져서 가까이 가야 하나 말아야 하나 망설였다.

그때였다. 돌아서서 생선을 다듬던 여자가 손님을 놓치지 않으려는 어떤 육감 같은 것으로 재빠르게 돌아보았다. 민지였다. 오른쪽 눈 옆에 갈변한 화상 자국이 흐릿하게 보였다. 이제는 커다란 점처럼 민지의 얼굴에 익숙하게 녹아들어 전혀 상처처럼 보이지 않았다. 내가 알던 민지가 맞나 싶을 정도로 어딘지 모르게 생경한 느낌이었다.

민지는 생선 찌꺼기에 물을 확 부어 하수구 쪽으로 밀어내며 동시에 나를 반갑게 맞았다.

"어서 오이소! 뭐, 찾는 거 있습니꺼?"

이제는 뒤로 내뺄 수도 없었다. 그때 민지가 나와 눈이 마주치자 어, 하며 손을 멈추었다. 그러고는 굳어 버린 나를 자세히 쳐다보았다. 갈변한 화상 흉터가 미세하게 떨리더니 곧 나를 알아보았다. 나는 어색하게 웃으며 찡그린 표정으로 민지 앞에 멀뚱히 서 있었다.

"어? 니, 상희 아이가? 서상희!"

"어, 그래……. 안녕……?"

"엄마야, 이기 얼마만이고! 니, 하나도 안 변했데이. 완전 반갑다!"

민지가 나를 향해 환하게 웃었다. 불현듯 눈이 부셨다. 최근 몇 년 동안 이토록 빛나는 미소를 나는 접한 적이 있었던가. 예상과는 달리 민지는 여전히 빛, 천사, 벚꽃이었다.

하지만 아닌데, 이럴 리가 없는데. 혹 내가 갖지 못한 무언가를 민지가 비밀스럽게 가지고 있는 것일까. 그런 생각이 들자 가뜩이나 소박했던 나의 의욕이 모두 소진되어 버렸다.

나는 어안이 벙벙해서 뒷걸음질을 쳤다. 그때 민지가 앞치마에 비린내 나는 두 손을 쓱 한번 닦고는 내 손을 덥석 잡았다. 나는 나도 모르게 그 손을 비틀어 뿌리쳤다. 어정쩡한 타이밍, 어정쩡한 분위기. 내가 민지를 찾아온 것도, 손을 뿌리친 것도, 모든 게 어정쩡했다.

내 반응에 멋쩍게 웃던 민지는 옆에서 생선을 나르던 남자와 아주머니를 얼른 불렀다. 남자는 영상에서 본 민지 남편

같았다. 민지 옆으로 다가와 춥지 않느냐며 민지 등을 살살 쓸어 주었다. 민지가 소곤소곤하는 말을 듣는 모습에서 숨길 수 없는 애정이, 소중한 걸 다루는 정성이 보였다.

민지가 영상에 나왔던 식구들에게 나를 소개했다. 그들이 하도 해맑게 웃어서, 순간 나는 뭔가 잘못한 기분이 들었다. 몰래 생선 한 덩어리를 뒤로 도둑질한 것처럼 말이다.

그들이 나온 다큐멘터리 〈우리는 사랑을 판다〉를 보고 역겹다고 느꼈던 내 감정을 본인들에게 고스란히 들켜 버린 것만 같았다.

민지 남편은 커다란 두 손을 합장하며 큰 소리로 말했다.

"아, 말씀 많이 들었지요. 우리 민지가 늘 칭찬하던 그분이시구나. 감사합니데이."

칭찬? 감사? 그럴 리가 없다. 힙합 모자를 눌러쓴 그는 우리와 동갑이라곤 믿기지 않을 정도로 예의가 바르고 자상했다. 민지가 엄마라고 부르는 시어머니도, 그래그래, 네가 말하던 그 친구, 내 알지, 잘 알지, 하며 기분 좋은 미소를 지어 보였다.

나도 최대한 어른스럽게 단정한 인사를 했다. 하지만 고개를 들면 그쪽이 숙이고 있고, 내가 숙이면 그쪽이 들어서, 우리의 인사는 몇 번이고 반복되며 끝이 나지 않았다. 나는 한심한 생각이 들어 머리를 아예 푹 숙이고 들지 않았다. 그러다 어느 순간 고개를 들어 보니, 식구들이 사라지고 없었다.

민지는 시어머니와 남편이 나를 위해 자리를 비켜 주었다고 했다. 생각할 틈도 주지 않고, 나를 끌어다 작은 플라스틱 의자에 앉혔다. 생선 비늘이 사방에 붙어 있는 의자였다. 정말이지 앉고 싶지 않았지만, 시장 일을 해서 그런지 팔심이 무척 셌다. 금방 옆 가게로 달려가 한쪽이 찌그러진 더 작은 의자를 빌려 오더니 곁에 붙어 앉았다.

가게가 꽉 찼다. 생선과 나와 민지, 그리고 비린내와 어색함으로 가게가 터져 나갈 것 같았다. 찌그러진 의자 때문에 내 어깨에 민지의 팔이 닿았고, 닿은 그곳이 너무도 근질거렸다. 시린 발가락과 허벅지도 스멀스멀 가려웠다. 결국 조금씩 긁기 시작하자 멈출 수가 없었다.

민지는 새로운 물고기라도 본 사람처럼 나를 요리조리 뜯어보며 싱글벙글 웃어 댔다. 내 교복도 살짝살짝 매만지며 뭐가 그리 즐거운지 연신 웃어 대는 바람에, 이 상황이 전혀 웃기지 않은 나로서는 상당히 기분이 상했다.

나는 나를 보는 민지의 눈을 피해 최대한 먼 곳으로 시선을 돌렸다. 그래 봤자 시장 천장 정도였지만. 그러고 있자니 내가 왜 여기에 왔는지 기억나지 않았다. 자갈치 시장의 시끄러운 소음에 머릿속 생각 같은 건 다 날아가 버린 모양이었다. 민지가 운을 뗐다.

"내는 니가 언젠가 한 번은 찾아올 줄 알았다."

의외였다. 당당하구나, 여전히. 예전에 보았던 민지 얼굴이 스쳤다.

"맞나? 내는 몰랐는데. 진짜 오랜만이제? 잘 지냈나?"

"잘 지냈지! 안 그래도 어제가 수능이라서 니 생각이 나더라. 헤헤."

민지는 배를 쓸어 보이며 민망한 듯 낄낄 웃었다. 비실비실 웃다가도 손님이 지나가자 벌떡 일어나 큰 소리로 불러 가며 연신 호객을 했다. 손님이 쳐다보니까 가게 안에 함께 있는 나까지 민망해져 같이 굽신거렸다. 발밑을 보니 수챗구멍에 걸린 생선 내장이며 눈알, 꼬리가 눈에 들어왔다.

내가 처음 본 민지는 분홍 원피스에 빨간 가방을 들고 예쁜 에나멜 구두를 신고 있었는데. 기분이 좋지 않았다. 너는 뭐가 좋다고 고장 난 싸구려 인형처럼 웃고 있는 거니, 속도 없이. 울컥 화가 났다. 고등학교는 왜 안 갔으며, 저런 남자애랑 결혼시킨 네 외삼촌이란 사람은 대체 어찌 된 사람인 거니? 왈칵 다 쏟아 내고 화도 내고 싶었지만 그럴 수가 없었다. 너무 웃어 대어서, 너무 시끄러워서, 너무 간지러워서 그럴 정신이 없었다.

"자, 숙녀분들, 이거 마셔 가매 이야기 나누이소."

민지 남편이 돌아왔다. 인스턴트커피를 두 잔 가져와서는 종이컵 하나를 내 손에 쥐여 주었다. 그러고는 오늘 장어가 어떻고, 새우가 어떻고 하며 자기들끼리 대화를 시작했다.

손님이 있는데도 뒷전으로 하고서 자기들끼리 이야기를 나누다니. 못 배운 거친 사람들 같아서, 그리고 어찌 보면 울 엄마 같아서, 나는 맥이 탁 빠졌다.

남편은 민지 앞치마에 손을 쑥 넣더니 꼬깃꼬깃한 지폐를 꺼내 돈을 세기 시작했다.

"에계! 이기 얼마고? 오만 원도 못 벌었나?"

"그래도 오늘은 중간은 했다 아이가."

"아까 그 손님한테 장어만 팔았어도. 바보야, 그것도 못 파나? 하하하."

돈 못 벌었다는 말을 막 던지며 웃는 남편을 보니 화가 났다. 저기요! 얘가 어떤 애였는지는 아세요? 그렇게 막, 막 그렇게, 그러면 안 되는 애거든요, 하고 소리치고 싶었지만 입 밖으로 아무 말도 나오지 않았다.

혼란스러웠다. 민지에 대한 좋았던 생각들은 단지 내 상상이었던 걸까. 품었던 연민과 추억과 우정이라는 것이 내 뒤틀린 기억 속에서 스스로 만들어 낸 휴지 조각이었던 걸까.

힘이 쭉 빠졌다. 지하철을 갈아타고 여기로 향했을 때의 뜨거웠던 두근거림은 어디로 가 버린 걸까. 무엇보다 나는 뭘 확인하려고 했던 걸까. 수만 가지 생각이 머릿속을 스쳐 지나갈 때쯤 민지가 말했다.

"쪼매 걸으러 나갈까, 우리?"

우리는 부둣가를 걸었다. 심드렁해진 나와 신이 난 민지가 찌꺼기며 기름이 둥둥 떠 있는 검은 바닷물을 보면서 부두를 걸어갔다. 마치 칠 년 전에 우리가 그랬듯이.

"니가 생선이 비리다고 집에 가자 캤었지. 크크."

기억하고 있었구나. 그날, 물고기랑 바다가 민지는 참 좋다고 했는데, 나는 시끄럽고 냄새나는 시장이 뭐가 좋으냐고 했었지.

나는 그렇게 말했던 게 못내 미안했지만, 민지가 지금 어린 날의 나를 비난하는 건 아닌지 따져 봐야 했다. 괜한 경쟁

심이 일었고, 그렇게 나온다면 미안해하지 말자고 버틸 준비를 했다.

"안 있나. 내는 니가 왜 왔는지 알지롱."

"그거야 뭐……."

"아니, 내는 다 안다고."

그거야 뭐, 네가 잘 있는지 걱정이 되어서라고 말하려다가 그만두었다. 다 안다는 듯 묘한 웃음을 지어 보이는 그 입술과 나를 꿰뚫어 보는 것 같은 그 서늘한 시선 앞에서, 나는 불현듯 깨달았다.

민지는 다 알고 있구나, 다 알고 있었구나. 두 팔에 닭살이 오소소 돋고 뒷머리가 비쭉 섰다. 밤새 땅에 내린 흰 서리가 아침 햇살에 사르르 녹아 사라지듯이, 시끄럽던 내 머릿속 소음이 순식간에 싹 없어졌다. 그 고요함 속에서 나는 가려움증이 사그라지는 걸 느꼈다.

주말에 민지가 우리 집에 놀러 왔을 때, 사실 나는 집에 있었다. 민지가 온 걸 알면서도 없는 척 방에서 나가지 않았다. 다시 친해질 것 같아서 나갈 수가 없었다. 가끔 만나도 겉도는 이야기로 사이를 멀어지게 하고 싶었다. 그러지 않으면 모든 걸 들킬까 봐 견딜 수가 없었다. 민지는 마지막 문자에, 걱정 말라고 했었다.

> 상희야, 엄마한테 잘하고. 건강히 잘 지내라.

지가 뭔데 우리 엄마한테 잘하라, 마라야. 나는 화가 났다. 그래서 휴대폰 전원을 끄고 무시해 버렸다.

내가 여기 온 이유, 나는 민지를 걱정한 게 아니었다. 사실은 죄책감에서 벗어나고 싶었던 거였다. 그러니까 나를 위해서였다. 그걸 민지가 다 알고 있구나, 그랬구나.

"니도 내한테 그럴 수밖에 없었겠지. 그라고 느그 엄마도 잘 살고 싶었겠지."

선주에게서 민지 이야기를 주워들었을 때, 내가 그토록 화가 난 건 나 때문이었다. 그런 엄마를 가진 나에게 나는 화가 났고, 화가 나면 날수록 내가 앞으로도 가지지 못할 것으로부터 도망치고 싶었다. 이를테면 도의나 우정 같은 따뜻한 것들로부터.

"나도 살다 보니까 쪼매는 알겠더라. 느그 엄마가 우리한테 왜 그랬는지. 느그 엄마도 니랑 잘 살라고 그래 안 했겠나,

맞제?"

그런 거였어? 너무 놀란 나머지 다리가 잠시 휘청했다. 엄마 일까지 다 알고 있던 거야? 하도 부끄러워서 온몸에서 피가 다 빠져나가는 기분이었다.

민지 아빠가 돌아가시고 나자, 이제껏 살림만 하던 민지 엄마는 우리 엄마에게 도움을 구했다. 엄마는 대리인으로서 민지 엄마의 땅을 계약해 주는 척하면서 명의를 슬쩍 자기 앞으로 돌렸다. 웬일인지 재판에서도 이겼다. 엄마가 민지 엄마에게 사기를 쳤던 것이다. 그런 걸 나도, 민지도 서로 알고 있었던 거다.

"차마 말은 못 했지만 내가 많이 미안했다……."

더는 도망칠 곳이 없었다. 친구로서, 그리고 가해자의 딸로서 민지에게 잘못을 고했다. 그러나 민지는 내 사과에도 한참을 말없이 돌아서 있었다.

그러다 갑자기 손을 저으며 웃었다.

"헤헤, 가시나. 그런 말 하지 말고 바다나 보자. 들어왔다 나갔다, 참 기분 좋다 아이가."

뭐가 그리 의기양양했던가. 대학에 갈 수 있게 되어서? 엄마를 떠날 수 있게 되어서? 내가 뭐라고 민지의 삶을, 저들의 이야기를 부정하고 역겨워했는지 그 시작이 기억조차 나지 않았다. 민지의 삶을 송두리째 바꿔 버린 엄마가 부끄러웠고, 그걸 자양분 삼아 내가 살아왔다는 것이 더 부끄러웠다. 무엇보다 나보다도 민지가 우리 엄마를 이해하고 있다는 사실이 더 수치스러웠다.

답을 내 식대로 정해 놓고 민지를 바꾸려 했던, 바꿀 수 있다는 만용에 들떴던 나를, 민지는 정말 용서해 준 걸까. 어떻게 용서할 수 있을까. 그리고 나는 나를 용서할 수 있을까.

변한 건 또다시, 나였다. 나는 바람 빠진 풍선이 되었다. 누구의 것보다 빛나는 미래가 내 앞에 있을 거라는 환상이, 그저 환상일 뿐이라고 깨달은 건, 나였다.

비린내는 나와 우리 엄마에게서 나고 있었는데, 나는 감쪽같이 모두를 속였다고 자신했다. 우리는 조금 더 부두를 걷다가 가게로 돌아왔다.

민지는 수조에서 이름 모를 생선을 실한 것으로 한 마리 꺼내 와 다듬었다. 그리고 정성껏 회를 떠서 검은 봉지에 담더니 내 손에 쥐여 주었다. 됐다는데도 굳이, 우격다짐으로 내 손에 쥐여 주었다.

"내가 내 단짝한테 이 정도도 몬 하나."

그 말에 그만 할 말을 잃은 나는 순순히 검은 봉지를 건네받고는 꼭 붙들었다.

"지하철 타고 왔나?"

"응."

"와 줘서 고맙데이. 근데 상희야……."

"응."

"인자 오지 마라. 내, 니보다 잘 살게."

칠 년 전 부둣가에서 그랬듯이, 민지는 나에게 조용히 웃어 보였다. 잘 가라고 손도 흔들어 주었다. 나는 웃어 주려 했지만 웃어지지가 않았고, 손을 흔들어 주려 했지만 들어지지가 않았다.

마치 고장 난 로봇처럼 삐거덕삐거덕 걸어 나왔을 뿐이었다. 주차장을 굽이돌고 나서, 이 정도면 충분히 멀어졌을 거라고 안심했을 때에야 엉거주춤 뒤를 돌아보았다. 부디 내가 떠나온 자리에 아무도 없기를 바라면서.

그러나 민지는 여전히 거기에 서 있었다. 나를 바라보며 우리가 헤어진 그 자리에서, 깊은 다짐을 하듯 두 주먹을 꽉 틀어쥐고서. 우뚝 서 있는 민지가 영원히 아주 가까이에서 나를 보고 있을 것만 같다는 생각이 들어서, 나는 나지막이 울고 싫어졌다. 조금 뒤 남편과 시어머니가 민지 옆에 나란히 서서 떠나가는 나를 바라보았다. 끈끈해 보이는 무언가가 민지를 감싸고 있었다.

다시 또 민지는 보호를 받고 있었다. 세 사람이 마치 하나의 커다란 군대처럼 보여서 두려움마저 느껴졌다. 왜인지는 알 수 없지만 민지는 더 이상 웃지 않았다.

나보다 더 잘 살겠다는 민지의 마지막 말이 머릿속에서 떠나지 않았다. 민지는 이미 나보다 어른이 되어 미래에 있었다. 내가 한 건 고작 지하철 1호선을 타고 집으로 돌아가는 게 전부였다. 집으로 돌아가는 길에는 미처 4호선 지하철로 갈아타지 못했다.

그러기엔 너무 멀리 와 있었다.

선 위의 아이들

**첫판 1쇄 펴낸날** 2024년 4월 5일
**2쇄 펴낸날** 2024년 6월 11일

**지은이** 남예은
**펴낸이** 박창희
**편집** 홍다휘 백다혜 **디자인** 배한재
**마케팅** 박진호 **홍보** 김인진
**회계** 양여진

**펴낸곳** (주)라임
**출판등록** 2013년 8월 8일 제 2013-000091호
**주소** 경기도 파주시 심학산로 10, 우편번호 10881
**전화** 031) 955-9020, 9021 **팩스** 031) 955-9022
**이메일** lime@limebook.co.kr **인스타그램** @lime_pub
**홈페이지** www.prunsoop.co.kr


ISBN 979-11-92411-95-8 44810
979-11-951893-0-4 (세트)



이 책은 서울특별시, 서울문화재단 '2022년 첫 책 발간지원사업'의 지원을 받아 발간되었습니다.